Lótusz a tenyeremen

Karatala Kamala

Translated to Hungarian from the English
version of Lotus on my Palm

Devajit Bhuyan

Ukiyoto Publishing

Ezt a könyvet Śrīmanta Śa ṅ karadevának és a világon élő összes embernek **ajánljuk** , akik hisznek abban, hogy a kutya, a róka és a szamár lelke is ugyanaz az Isten, Rama.

(Kukura Shrigalo Gadarbharu Atma ram, janiya xabaku koriba pranam)

"A Legfelsőbb Úr még a kutyák, rókák vagy szamarak lelkében is megmarad,

Ennek ismerete minden élőlényt tisztel."

- Srimanta Sankardev (1449-1568)

Tartalom

Előszó

Srimanta Sankaradeva 1449-ben született Bardowában, Assam Nagaon kerületében, India északkeleti részén, híres teájáról és egy szarvas orrszarvújáról. Sankaradeva korán elvesztette szüleit, és a gyermek nevelésének felelőssége a nagymamájára hárult, aki ezt a feladatot kiválóan látta el. Sankara még fiatalon is hatalmas szellemi és testi erőt mutatott be. Sok természetfeletti epizód is előfordult ez idő tájt, amelyek bebizonyították, hogy nem egy átlagos gyerek. Sankaradeva első szerzeménye, amelyet az első iskolai napján írt, a *karatala kamala kamala dala nayana* című vers .

"কৰতল কমল কমল দল নয়ন।

ভব দব দহন গহন-বন শয়ন॥

নপৰ নপৰ পৰ সতৰত গময়।

সভয় মভয় ভয় মমহৰ সততয়॥

খৰতৰ বৰ শৰ হত দশ বদন।

খগচৰ নগধৰ ফনধৰ শয়ন॥

জগদঘ মপহৰ ভৰ ভয় তৰণ।

পৰ পদ লয় কৰ কমলজ নয়ন॥

(Karatala kamala kamaladala nayana

Bhavadava dahana gahana vana sayana

Napara napara para satarata gamaya

Sabhaya mabhaya bhaya mamahara satataya

Kharatara varasara hatadasa vadana

Khagachara nagadhara fanadhara sayana

Jagadagha mapahara bhavabhaya tarana

Parapada layakara kamalaja nayana)"

Ebben a versben az az egyedülálló, hogy teljes egészében mássalhangzókból áll, és nem tartalmaz magánhangzót az elsőn kívül. A történelem az, hogy Sankaradevát együtt helyezték el az iskolában a sokkal idősebb diákokkal, akiket versírásra kértek fel. Követte a példáját, bár még csak az ábécé első magánhangzóját tanulta meg. Az eredmény egy rendkívül édes vers lett, amelyet az Úr Krsnának szenteltek és ismertetnek. Srimanta Sankaradeva az asszámi társadalmi-kulturális élet atyja. Ő az egyik elődje, aki modernizálta a szanszkrit nyelvből származó asszámi nyelvet.

Srimanta Sankardeva India egyik legnagyobb társadalmi és vallási reformátora is. Tanulmányozta a 15. században Indiában fellelhető összes vallási filozófiát, és a hinduizmus új szektáját hirdette, Eka Saranan Naam Dharma néven, amely mentes a rituális hinduizmustól. Ellenezte az Isten nevében történő állatáldozatot, ami a hinduizmusban elterjedt volt. Ellenezte a hindu kultúra kasztrendszerét is, és megpróbálta integrálni a kaszton és a hitvalláson túlmenőt. Híres szavai „Kukura Shrigala Gordoboru atma Ram, janiya sabaku koriba pronam": *kutyát, rókát, szamarat jelent, mindenki lelke Rama, szóval tiszteljen mindenkit.* Ez messze elérte a humanizmust, és vonzó az emberiséghez, mint Jézus mondása *: „A bűnt gyűlöld, ne a bűnöst".*

A Srimanta Sankaradeva által mutatott utat követve három verseskönyvet írtam asszámi nyelven, nevezetesen a „Karatala Kamala", a „Kamala Dala Nayana" és a „Borofor Ghor" anélkül, hogy használtam volna kart, a magánhangzók szimbólumát, amely elterjedt az indiai nyelvekben. szanszkritból származott. Ez a „Lótusz a tenyeremen" könyv a „Karatala Kamala" című könyvem fordítása, amely asszámi nyelven íródott. A könyvet nem lehet magánhangzók nélkül lefordítani angolra, így a fordítás úgy történik, hogy megtartják az eredeti versek szellemét és témáját, anélkül, hogy megzavarnák a lényeget. Reméljük, hogy az olvasóknak tetszeni fog ez a verses könyv, és a világ megismeri Srimanta Sankaradeva tanításait és eszméit.

_______Devajit Bhuyan

Lótusz a tenyeremen

A virágfa alatt Sankardeva aludt
A nap sugarai káprázatosak voltak az arcán
A királykobra észrevette, és azt hitte, hogy a napfény zavarja Sankart
A kobra lejött a falyukból, és árnyékot adott
Amikor ezt a barátok és a közeli emberek látták, mindenki elképedt
Sankardeva mennyei áldásokat kaphat Istentől
És megírta első versét, mielőtt megtanulta a teljes ábécét
Az emberek szívből szerették verseit, és elkezdték dicsérni
De sok kérdést vetettek fel az állatáldozatot végző papok
A király elrendelte Sankardeva megölését egy elefánt segítségével, hogy összetörje a testét
De Isten kegyelmével sértetlenül megúszta
Sankara több mint egy évtizeden át látogatta a szent helyeket, hogy tudást szerezzen
Megvilágosodva tért vissza, több halhatatlan verset komponált asszámi nyelven
A tenyeremen lévő lótust még mindig szeretik Assam népe, egy halhatatlan darab
Az egyetemes szeretetről és testvériségről szóló tanításai gazdaggá tették Assamot.

Sankardeva egyszerű vallása

A világ vallása a szeretet
A szeretethez vezető út jó munka, nem súrlódás
Ha az elme tiszta, könnyű a szeretethez vezető út
Egyszerűnek lenni és mindent szeretni jó vallás;
A haragban a vallás és a szerelemhez vezető út megtorpan
Mindig azt mondjuk, hogy mások vallása forró és rossz
Soha ne tiszteld és toleráld mások nézeteit
Ennek eredményeként a vallás a tudatlanság és az elnyomás eszközeivé válik;
A szerelem minden egyszerű és könnyen kimondható, de nehéz követni
Tehát ez a vallástanítás soha nem terjed gazként
Az emberek vágyakkal és kapzsisággal zarándokolnak vallási úton
De Sankar Deva vallása könnyen követhető, nincs szükséged semmire;
Az alkohol nem az üdvösséghez vezető út, és nem az ártatlan állatok megölése
A félelem és a kapzsiság nem a munka szekere és az élet célja
Csak a szeretet és a szeretet az igaz vallás nyila
A pénz, a kapzsiság, a gyűlölet és az izomerő nem az elégedettség útja
Sankar Deva szavaival élve, a vágy nélküli imádság megváltást ad.

Egy beadvány vallása

A testéből történő klónozás révén Isten embereket teremtett
Életünket ennek a mindenhatónak kell alárendelnünk
Imádkozzunk hozzá lótuszvirággal a lábán
Az idő nyila megáll a kívánságainál, és minden élet véget ér;
„Bharata", az Úr Ráma testvére, aki Dasaratha király házában született
Ráma megmutatta a szeretet útját, a tiszteletet és az elkötelezettség fontosságát
Diwali, a fény ünnepét a jó győzelmeként ünneplik a gonosz felett
Ráma hazatért, és elpusztította Ravanát, a gonoszság és az erkölcstelenség szimbólumát
Megalapozott igazság, jogállamiság, méltányosság, bizalom és minden alany szeretete
Sankar Deva, Ráma bhakta tanítása is ugyanaz, szeress mindenkit
Az assami emberek a mai napig a Sankar Deva által mutatott utat követik
A kaszt, a hitvallás, a vallási gyűlölet ördögét nem látják szívesen Sankar Dev földjén
Tanításai és imarendszere révén vallása felvilágosítóvá vált.

Sankardevának újra vissza kell térnie

Sankar Devnek ismét vissza kell térnie Assamba, hogy megtanítsa a vallási elvét

A fejlődést kísérő fájdalmat és megosztottságot ő tudja csak felszámolni

A vallási, társadalmi és nemi diszkrimináció láthatatlan gyomja az ő földjén

Csak az ő tanításai tudják felszámolni a gyűlöletet és az emberi társadalom megosztottságát

Jelenléte eltávolítja a legtöbb bajt az asszámi és indiai emberekről

Sankardeva visszatér, és Assam újra ragyog a világon

Megkeresztelkedésének és tanítvánnyá tételének rendszere globálissá válik

Az emberek gondolkodásmódja megváltozik, és a testvériség virágzik

Imaházának temploma, a „Namghar" új magasságokba fog mutálni

A kicsinyes vallási értelmezés nevében fellépő ellentétek és veszekedések eltűnnek

Az asszámi emberek gondolkodásmódja nyitott, szélesebb lesz, és az emberek integrálni fogják az embereket

A világ társadalmi-kulturális környezete soha nem fogja látni a megosztottság fekete, vastag felhőjét.

Szankardeva vallásában

Tartsunk lótuszt Szankardeva lábán
Tegyük tanítványává világszerte
Sankardeva vallása nagyon egyszerű
Azt mondta, hogy Isten egyedülálló, és nem fejezhető ki
Nem kell feláldoznia Isten saját teremtményét az áldásaiért
Imádkozz Istenhez tiszta lélekkel, és ez nagyon egyszerű
Isten mindenhol létezik, és imádkozz bármikor, bárhol
Nemcsak, hanem az egész állatvilágot is szeretni az igazi vallás
Legyen merész, és tegyen jót, megvilágosodik.

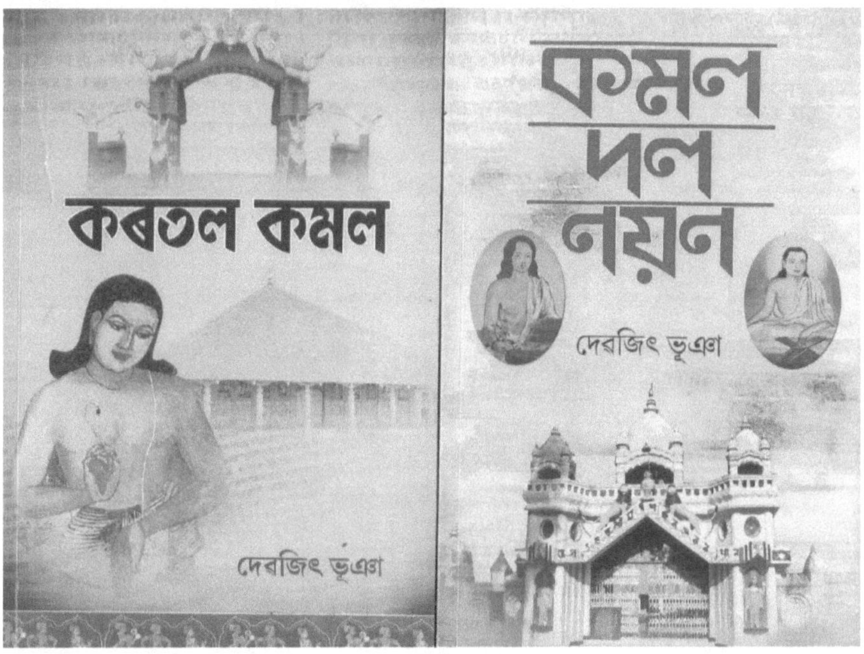

Szedje be a szemetet Sankardevában

Az elme mindig instabil és ingatag
Legyőzni Sankar útja egyszerű
Idős korban sem a pénz, sem a gazdagság nem ad békét
Egyedül kell sétálnia, még akkor is, ha zsúfolt strand közelében van
Egyetlen fiatalt sem fog érdekelni a beszélgetés, még a saját otthonában sem
És a lelki fájdalom sokszorosára fog növekedni
Miért lenne terhére másoknak az élet utolsó napjaiban
Imádkozz Istenhez nyitott elmével és minden szívből jövő kívánsággal
Minden bizonnyal Sankar szövegei megmutatják az utat az ingatag elméhez az üdvösség felé.

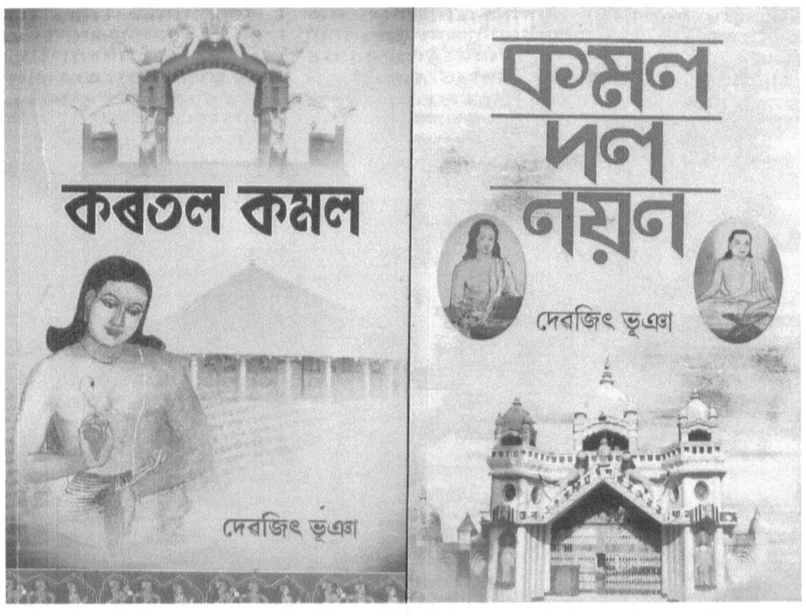

A tanítványok meglátogatják Sankardevát

Lotus a kézen
Sabot gyalog
A "khot khot" hang
Szankardeva érkezését jelzi;
A tanítványok elragadtatják magukat
A vágyuk, hogy Sankardevával találkozhassanak, megvalósult
Sankardeva úgy nézett ki, mint egy ragyogó nap
A tanítványok meglepődtek a ragyogását látva
A szájukból imák kezdtek áradni
Mennyei örömmel érintették meg Sankardeva lábát
A tanítványok élete sikeres volt
Sankardeva modern és egyszerű vallásába keresztelte őket
Szankardeva tanításai lassan vad tűzként terjedtek
Assam ég, levegő és házai elkezdték énekelni a versét
Assam társadalmi kultúrája új irányt vett.

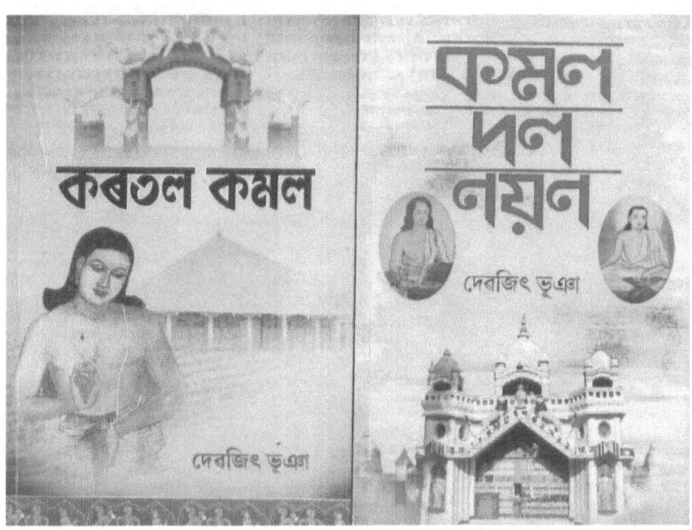

Univerzális Guru Sankardeva

Sankardeva egy univerzális guru az emberiség számára
A jó, az egyenlőség és a spiritualitás szimbóluma
Senki sem egyenértékű vele
Csak néhány Sankardeva kortársát lehetett látni
Egy Isten, egy imádság és testvériség írását terjesztették
Az emberek tudatának sötétsége gyorsan eltűnt
A kapzsi és erőszakos emberek visszanyerték eszméletüket
Sankardeva minden idők legnagyobb drámaírója és rendezője volt
Drámái nagyon gyorsan terjedtek, és az asszámi kultúra gerincévé váltak
Sankardeva víziója nem korlátozódik csak az emberi lényekre
Felöleli minden élőlény életét ezen a Földön
Sankardeva, az asszámi nemzetiségű Istenatyja örökre.

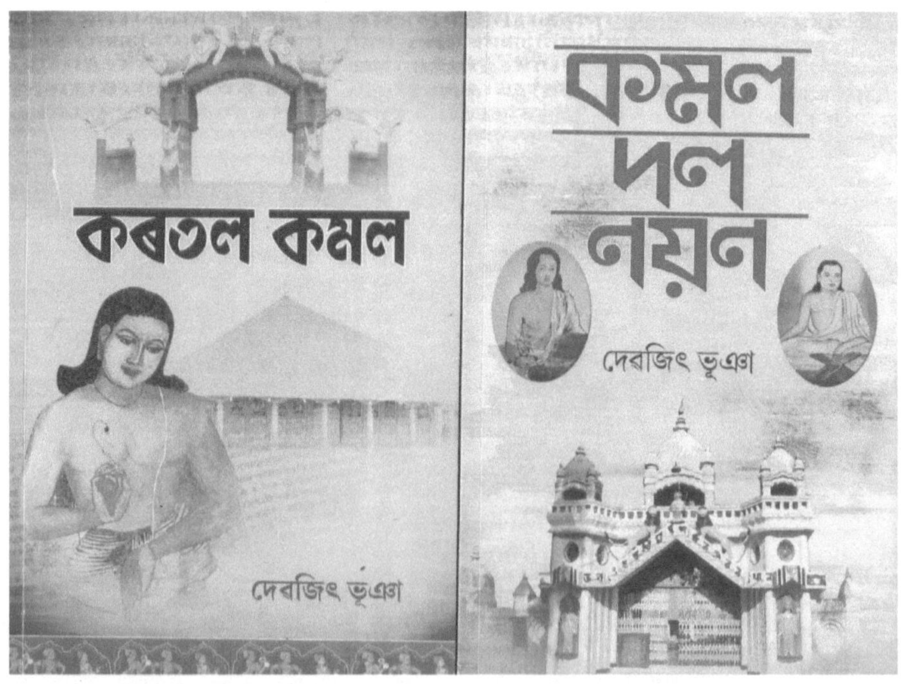

Assam aranya

Hazarat otthona egy arab országban volt
A parfüm nagyon kedves elméjének és vallásának
Szaúd-Arábiában született új vallás, Hazarat volt a próféta
A vallás felhagyott a bálványimádással, és csak egy Istent imádott
A nem rituális új vallás gyorsan népszerűvé vált
Hadzs zarándoklata válik éves rituálévá
Hamarosan veszekedések kezdődtek más vallásokkal
A vallási intolerancia miatt háború tört ki
A világ népe sokat szenvedett a vallási konfliktusok miatt
A nem arab világból származó emberek Mohamedet okolták a szenvedésekért
Sankardeva a testvériségről és az egyetemes szeretetről prédikált minden vallás között
Az iszlám követői is a tanítványai lettek
Nem történt vallási keresztes hadjárat vagy konfliktus Assamban
A társadalom közösségi harmóniával haladt előre
Sankardeva Assam aranyának bizonyult.

Sankardeva Brindavani bastra (szövet).

Tanítványaival Sankardeva monumentális kendőt kezdett szőni

Mindenki, aki részt vett a remekmű megalkotásában, nagyon örült

Ebben az egyetlen ruhadarabban az Úr Krsna történetét ábrázolták

Az egész világ döbbenten nézte a Brindavani bastra szépségét

Ez az egyedülálló ruhadarab az asszámi szövő- és textilipar koronája lett

Időnként britek érkeztek Assamba, és lettek az uralkodók

A Brindavani bastrát Londonba vitték

A British Múzeumban még mindig Sankardeva és Assam takácsai dicsőségeként ragyog.

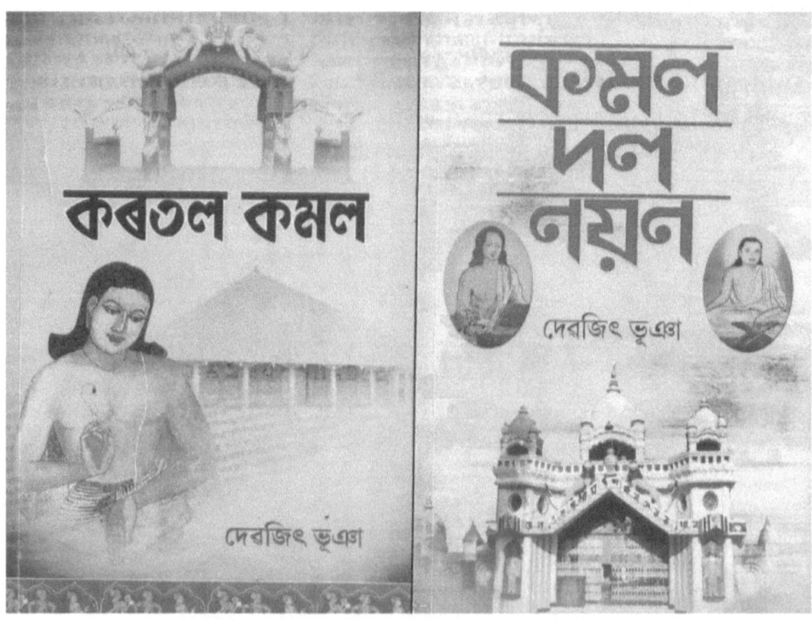

A szívek királya

Az asszámiak számára Sankardeva lett a szívek új királya
Assam horizontján úgy emelkedik, mint a ragyogó nap
Szavai és tanításai szélszellővé váltak
Assam reflektorfénybe került számára
Írásai a megreformált hinduizmus vallásos szövegévé váltak
Az emberek nyájakon jöttek, hogy követői és tanítványai legyenek
A rituális hinduizmus egyszerűvé vált az egyszerű emberek számára
Leomlott a kaszt, hitvallás, gazdagok és szegények gátja
Az emberek betűvel és lélekkel követték őt
A szívek vitathatatlan királyává koronázták Assamban.

Sankardeva indulása

Százhúsz év telt el Szankardeva születésétől
Elérkezett Szent Szankardeva világból való távozásának ideje
Sankardeva úgy döntött, hogy egyetlen királyt sem tesz tanítványává
Ám Naranarayana Assam királya ragaszkodott hozzá, hogy megkeresztelje
Sankardeva úgy döntött, hogy elhagyja a világi életet, mielőtt King nagyobb nyomást gyakorolna rá
Mennyei lakhelyre távozott, tanítványainak adta minden kincsét
Egész Assam és Bengália megdöbbent a távozásán
Az emberek több napig sírtak, és úgy hullanak a könnyek, mint az eső
Sankardeva vallásos szövegei és egyéb írásai révén vált halhatatlanná
A mai napig versei és írásai képezik az asszámi nyelv gerincét és klasszikusait.

Lord Shiva lábai

A dráma vége ezen a világon Lord Shiván keresztül történik
A halál az élet tükrében való tükröződésének vége
Lord Shiva a tökéletes táncos ebben az univerzumban
Örök táncának súrlódásában a csillagok és a bolygó eltűnnek
Hívására még galaxisok is meghalnak és fekete lyukakká válnak
Lord Shiva könnyen megelégedhet tiszta elmével végzett imákkal
Az élet és a halál a teremtés és a pusztulás része
Senki sem kerülheti el a halált, még az Úr Ráma és Krsna sem
Még Yama király, a halál istene is csupán Shiva hírnöke.

Vallások a pénz szorításában

A világ most tele van bűnnel és szentségtelen cselekedetekkel
Még a hegycsúcs és a mélytenger sem szabad
Senki sem szereti az egyszerű holisztikus életet
Mindenki a bűn tengerében való úszással van elfoglalva
A vallások a pénz szorításában vannak
A bûnözõknek a pénzhatalom révén terepnapjuk van a vallásban
Pénzért a pap szentesével dicséri a bűnözőket
Egy napon megtörténik Isten reinkarnációja
A világ mentes lesz a gyűlölettől, a bűntől és a bűnöktől.

Ima

Az elme megtisztításához elengedhetetlen az ima
Az emberek pókhálójának eltávolítása létfontosságú
Az imát tiszta lélekkel kell végezni
Az ima eredményét csak mi találhatjuk meg
Minden élőlényhez kedvesnek kell lennünk
A kapzsiságban elménk vezetékessé és vakká válik
Csak az imák által tudunk kikapcsolódni
Az ima fontos eszköze a magánynak
A várakozás nélküli ima megváltoztathatja a hozzáállást
Az imákkal az elme tiszta, egészséges és erős lesz
A kemény szavak soha nem származhatnak a nyelvből.

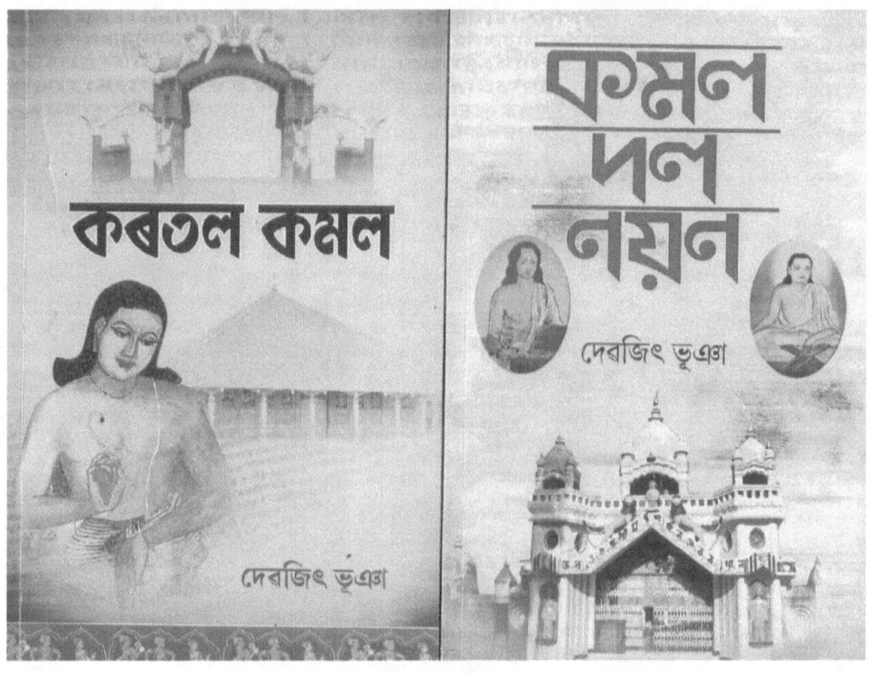

Pénz

Napjainkban a világon a pénz az ember célja
Ha jön a pénz, az mennyei érzéseket hoz a lélekbe
De a túl sok pénzéhség függővé és statikussá teszi az elmét
A pénz csak a szükségletek teljes kielégítéséhez szükséges túlélés eszköze
De a pénzvágy nem szükséglet, hanem csak kapzsiság
Igaz, hogy a pénz soha nem nő a fán
Ebben a világban nem lehet ingyen pénzt keresni
A pénzkeresethez a kemény munka az egyetlen kulcs
A világod soha nem lesz mennyország több pénzzel
A túl sok mohóság még a mézet is megkeseríti
A pénz soha nem lesz a társad az utolsó útján.

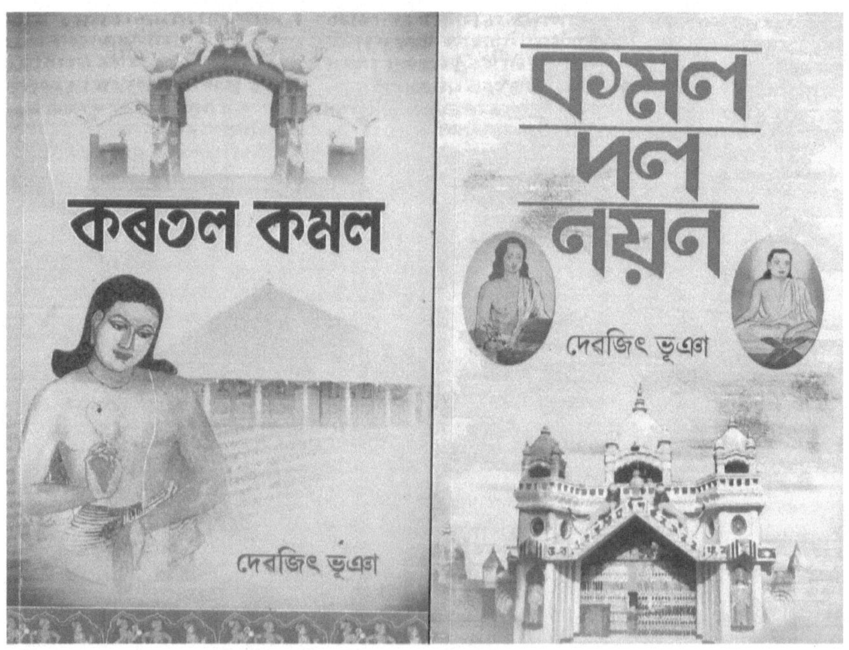

Assam Rhino

Ó, te embered, szégyelld magad
Ne rabold el a kürtöt az ártatlan orrszarvútól
Assam híres erről az egy szarvú állatról
Dolgozzon együtt az ügynökségekkel a túlélésükért
Ne orvvadászd és ne öld meg őket élőhelyükön
Szerezz utat nekik, akik vadon látogatnak
Ők Assam dicsősége és magányos gyermeke
Fájdalmat érez, amikor orvvadászok megölik Rhino-t
Lásd a szépséget, amikor bambusz közelében barangolnak
Kaziranga sok fiatalnak és idősnek adott megélhetést
Legyen önkéntes a küldetésben, hogy megvédje ezt az állatot, mint az
aranyat.

Férfi

Férfi! Nem kezdesz újabb világháborút
Ember, hagyd abba és hagyd abba a folyamatban lévő háborút
Ha folytatod a háborút, nincs messze a világ pusztulása
Az emberiség és a civilizáció alapja megrendül
Utak, épületek, hidak, amiket építettél, minden összetörik
Órákon belül gyönyörű nagyvárosok pusztulnak el
Az erdőket és a vadon élő állatokat kiirtják
A tavasz nem madarak dallamával jön
Nem lesz több háziállat-állomány
Férfi!   Megígéred   gyermekeidnek,   hogy   felhagynak   az
ellenségeskedéssel
A háború megállításához szeretetre és testvériségre van szükség, nem
pedig megállapodás formalitásaira.

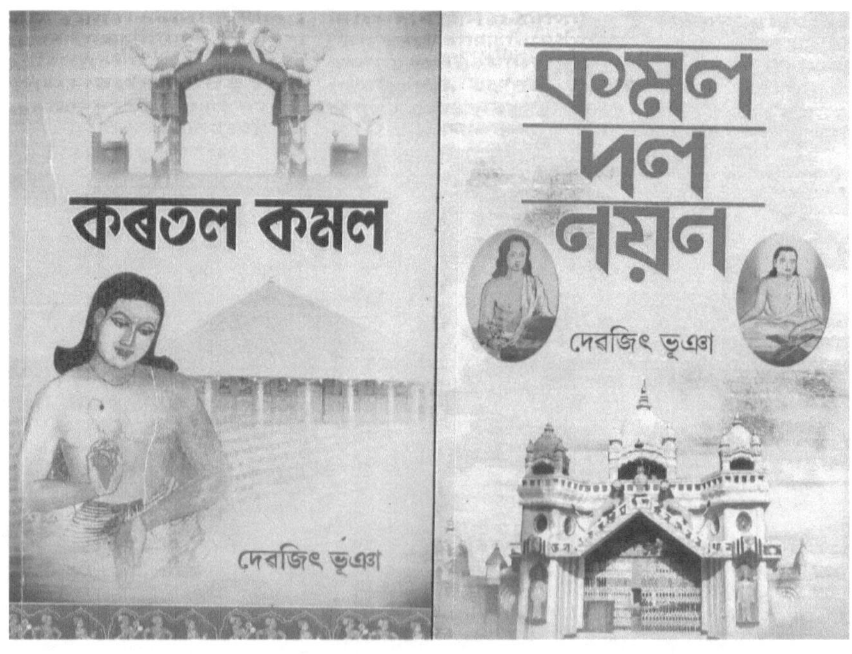

A völgy vidámsága

A magas hegyen, fagyott otthonokban
A kezek jéggé válnak, és nem tudnak mozogni
Még a forró levesek ivása sem segíthet
A gyapjúruhák nem tudják melegen tartani a testet
Bár az alkohol nem forró, kényelmesen tudja tartani a testet
A test melegen tartása érdekében fuss ide-oda egy csappal
Néhány napig élelmiszerbolthoz cipelni kell a táskát
Egy hónap múlva a jég elolvad
A víz lefolyik a völgyben
A völgy ismét vidám lesz az új növényekkel
A völgy madarai és állatai élvezni fogják a tavaszt
Zöld színt a völgybe, az új fák hozzák.

Virágzó Assam

A tavasz nagyon kedves Assamban, mint a világ más részein
Lassan kibontakoznak a különböző közösségi fesztiválok napjai
A takácsok boldogan és aktívan várják a fesztiválszezont
A szövő siklók hangja új dimenziót jelent
Lótusz virágzik a tavakban és táncol a szellő széllel
Az orrszarvúk kijöttek az erdő mélyéből puha füvet enni
A turisták nevetve és vidáman látogatják őket nyitott terepjárókkal
Néha az orrszarvúk futással üldözik járművüket
Néhány idegen kinyit egy sörösüveget a három alatt
Az időjárás és az éghajlat tiszta, szelíd és szabad
Assam virágokkal, táncokkal és repülő méhekkel virágzik.

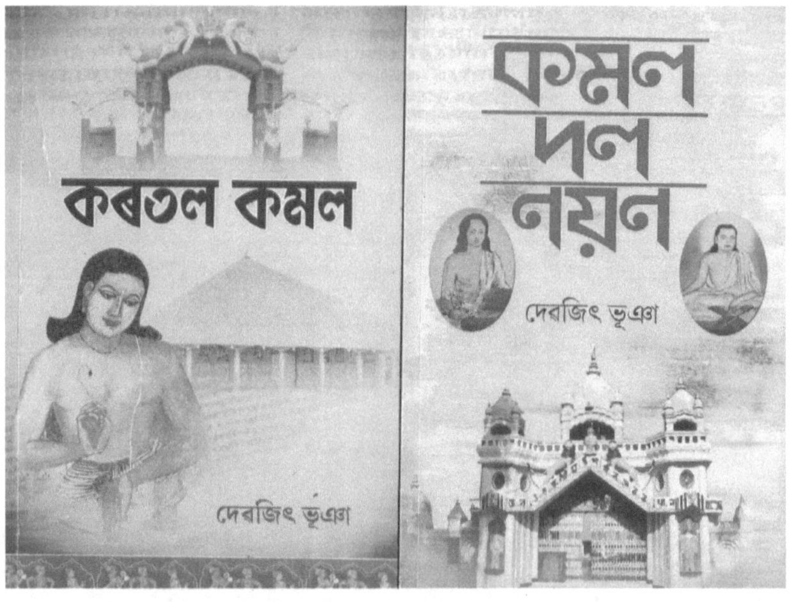

Kerülje az alkoholt

Az alkohol nem tesz jót olyan trópusi országoknak, mint Assam
A forró, párás klíma nem kedvez az ivásnak
Az alkoholos teakert közösségek korábban elsüllyedtek
Az alkohol elkerülése érdekében Assam lakosságának gondolkodnia
kell
Emlékezz a rabló és a paraszt történetére
Az alkohol esetében a családok felbomlása a helyénvaló
Noha Assamban a lótuszpárt került hatalomra
Növelték az alkoholzuhany mennyiségét is
Az etikátlan taposók alkoholt árulnak tiniknek
Nyomorúság és feszültség a szülőknek, ez most a napokban jár
Az olyan szegény államoknak, mint Assam, az alkoholboom nem jó
Bevételszerzés céljából durva az alkohol bátorítása.

Háború

A háború nem vicc vagy humor kérdése
Még a halhatatlan is meghal a háborúban
A háború tönkreteszi a házakat, a mezőgazdaságot és a megélhetést
Az egekbe szökő minden élelmiszer ára
Az állatoknak és a fáknak sem jó a háború
A gyerekek sírnak és félnek, és látják anyja halálát
Imájukat az Atyaisten sem hallgatta meg
Sem az egoista és az úgynevezett hazafi világvezető
Az emberiség soha nem ért egyet azzal, hogy a háború a civilizáció baklövése
A fájdalom és a szenvedés a konfliktus végeredménye
Kedves vezetőim, soha ne engedjétek meg, hogy háborút kezdjetek
A kegyetlenséged egy napon a történelem vádat emel
A világ békésebbé tételéhez használd az eszedet és az ösztöneidet.

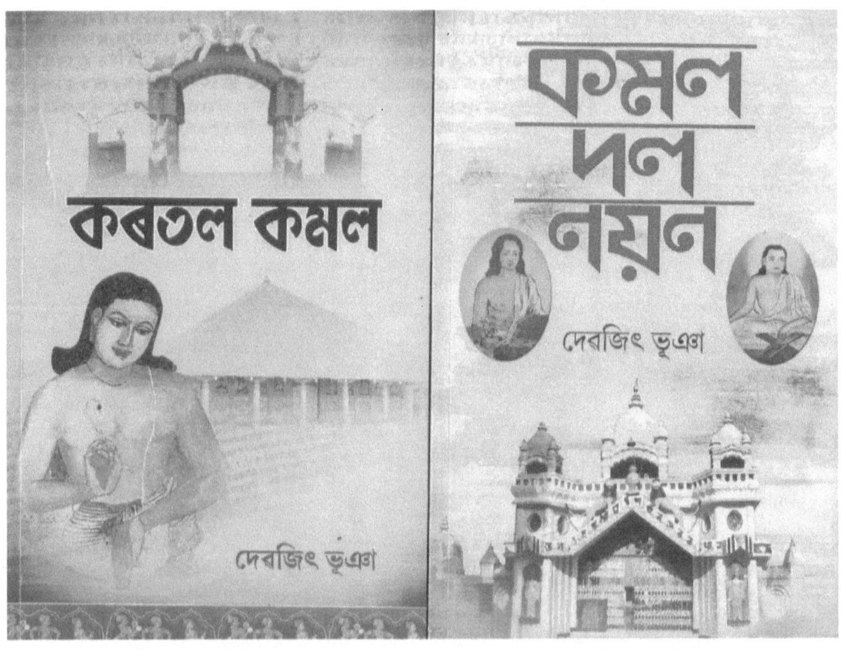

Szép munka

A jó munka gyümölcse jó
A rossz munka eredménye a szenvedés – ez a szabály
Isten kísérje, miközben jó munkát végez
A tisztességtelen munkák következményeit egyedül kell elszenvedned
A gravitáció vonzza a gyümölcsöket a fákról
Hasonlóképpen a jó munkák vonzzák Isten áldását
Hamarosan meglátod, a munkád ragyogó.

Senki sem halhatatlan

Egyetlen ember sem halhatatlan ezen a világon
Minden pillanatban a halál felé haladunk
Az őszinteség útján, a lebukástól való félelem nélkül
Isten szeretetével könnyedén megtehetjük az utat
Ne légy őrült a pénzért és a gazdagságért
Pénzért soha nem lehet halhatatlanságot vásárolni
Erősítsd meg az elmédet, hogy merészkedj, és ne félj a haláltól
Légy nagylelkű, kedves és őszinte élet közben
Az induláskor nem fogja megbánni.

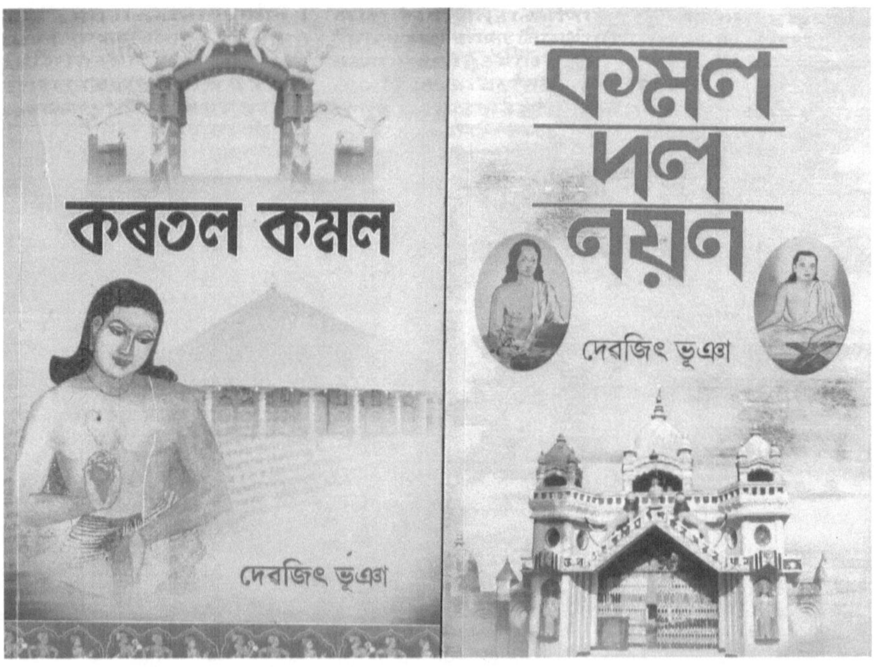

A színek fesztiválja (Holi)

Holi, a színek ünnepe
Élvezze Holi szeretetét és ragaszkodását
Színek hullámai, piros, sárga, kék, zöld áramlás
A színekkel az emberek egész teste ragyogóvá válik
Város, város, falu mindenhol ugyanaz a szellem
A színek nagyszerűségének élvezete az ösztön
A színek fesztiválján mindenki élvezi a napot, elfelejtve a fájdalmat
Hét szín az élet szelleme, ez a téma Holi vonat.

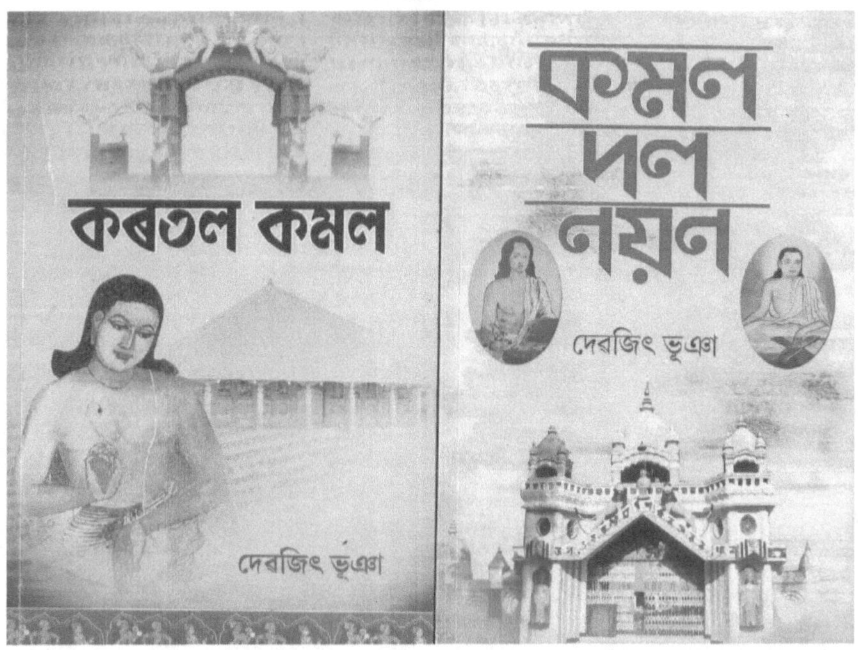

Chital

Chital, boldogan legelsz a dzsungelben
De legyen tudatában az emberi lényeknek
Mohók a húsodra
A nyíl sebességét nem tudod legyőzni
Jobb, ha Rhinoval barangolsz
És pihenj az elefánt közelében
Gyönyörű indiai nyaklánc vagy
A bőröd és a húsod az ellenséges média
A zsugorodó erdővel nehéz lesz a túlélési út.

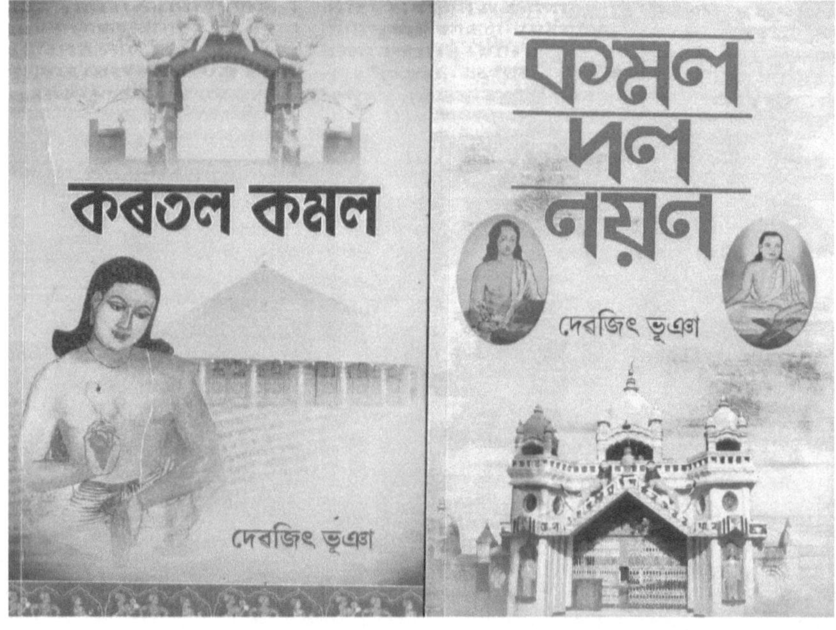

Fesztivál szezon

Soha nem törődsz velem a fájdalmaim alatt
Rohant hozzám, tudva a pénzbeli nyereséget
Még a forró nyárban is habozzon futni
A pénz a felvillanyozó motivációs szórakozás
A fesztivál alatt sem volt időd a kívánságokra
De te saját örömödből másztál fel a hegyre
De nincs időd érdeklődni a barátod felől
Most édes szavakat mondasz, hogy bízhatnék benne
Minden szavad csak anyagi okokból és vágyból származik.

Kor

Idős korukban az emberek statikussá válnak
Nem szeretem a mozgást, még felmenni sem
Az emberek mégis félnek a haláltól
Befejezetlen kívánságok, munkák és vágyak
Tedd félelmetesebbé a haláltól való félelmet
Még a halál sem kíméli meg sem téged, sem engem
Tehát miért félne a haláltól, élvezze a pillanatot
Fogadd el a szemetet spiritualitásban és mindenhatóban
Miközben a halálra gondol, vegye könnyedén.

Szeresd anyádat

Szeresd anyádat, törődj anyáddal
Betegségében a szerelem jobb, mint az orvosság
A gyógyszerek önmagukban nem elegendőek a betegségek gyógyításához
A szeretettel való törődésnek mágikus gyógyító ereje van
Emlékezz gyermekkorodra
Amikor anya tenyerének érintésével jobban érzed magad
Most idős korában az érintéseddel nyugodt lesz
A gyengéd érintésnél nincs jobb balzsam.

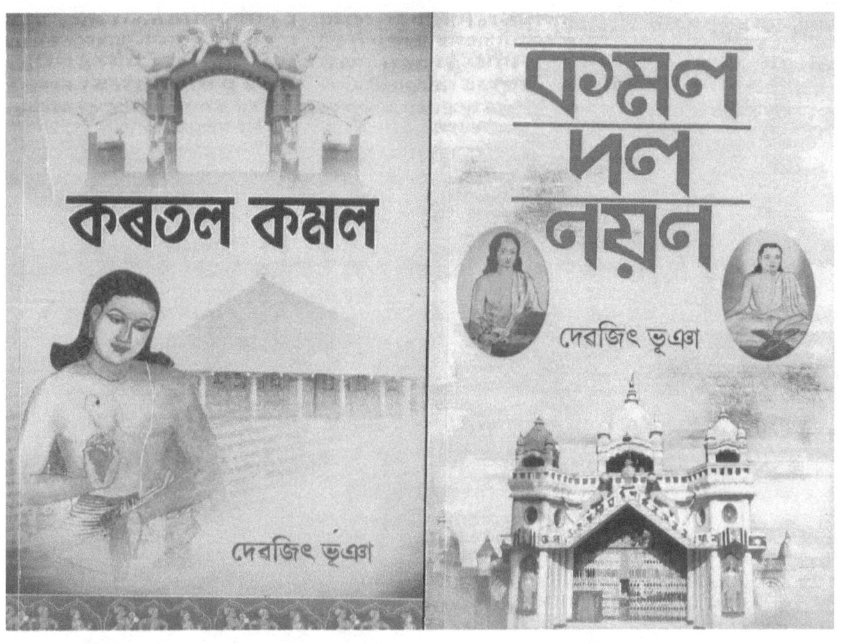

április

Április nem pusztán április bolondja Assamban
Áprilisban minden asszámi feje lebeg
Az évszak megváltozott a hűvös tél után
A fák új zöld levelekkel táncolnak
És folyamatosan kakukkénekel a mangófákon
A takácsok az új törölközők szövésével vannak elfoglalva (gamosa)
A Rongali Bihu fesztivál, az öröm fesztiválja kopogtat
Kicsik és nagyok, mindenki a Bihu tánc gyakorlásával van elfoglalva
Bihu az asszámi emberek lelke a Brahmaputra partján
Még a kazirangai orrszarvúak is örömmel látják az újonnan termesztett
füvet
Április nem csupán egy hónap a naptárban
April (Bohag) zölddé teszi Assamot, és megvilágítja az asszámi
emberek szívét.

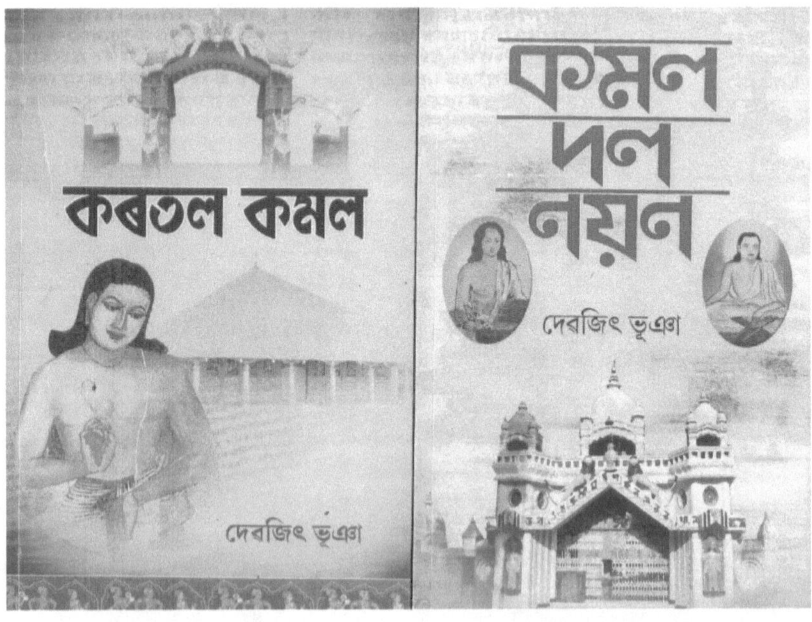

Dasaratha (Ramayana történet)

Dasaratha király nyilaira a vak bölcs fia halt meg
A bölcs átka miatt gyermektelen Dasaratha gyermeket kapott
Rama Lakshmana, Bharata és Straughn társaságában született
Ezenkívül Sita, Rama felesége egy közeli királyságban született Nepálban
Hogy betartsa apja ígéreteit, Rama tizennégy évre száműzetésbe vonult
Lakshmana és Sita is elkísérte Rámát száműzetése alatt
A lelki sokk miatt, amiért Ramát dzsungelbe küldték
Dasaratha meghalt, és a trónt Bharatára hagyta, hogy uralkodjon
Sitát Ravana démonkirály elrabolta a dzsungelben
Ráma Hanumana és majmok társai segítségével jutott el Lankára
Sitát megmentették, Ravanát megölték, és mindenki visszatért Ayudhába
Ráma megteremtette az ideális birodalmat méltányossággal, igazságossággal és jogállamisággal.

Bharata

Lakshmana dzsungelbe ment Rámával
Bharata a királyságban maradt
Ő irányította a királyságot, miközben Ráma szabotját tartotta
Szinghaszánon (szék)
A varázslatos chital megtévesztette Lakshmanát
Sitát elrabolták a dzsungelkunyhójukból
Nagy háború tört ki Ráma és Ravana között
Lakshaman kulcsszerepet játszott a démonkirály legyőzésében
Sitát megmentették, és mindenki boldogan tért haza
Bharata agóniája Ráma visszatérésével véget ért.

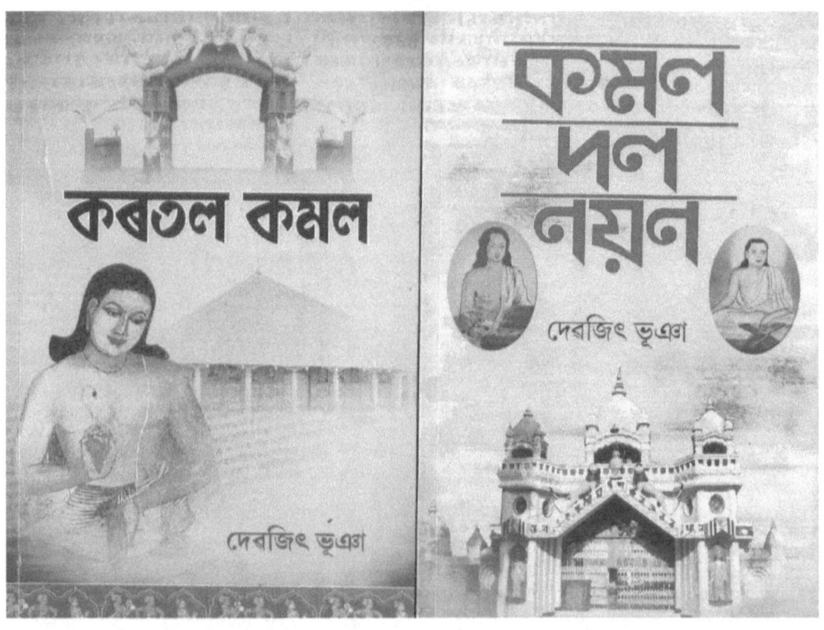

Lakshmana

A bölcsek azt tanácsolták: „Lakshmana ne féljen Ravanától"
A szél fia, Hanuman úgy van veled, mint egy árnyék
Bár Ravana Lord Shiva híve
Egója és arroganciája a vereségéhez vezet
Az idő döntő a háborúban, és támadd meg az ellenséget a legjobb
fegyverekkel
Először a legjobb fegyvereidet használd
Az igazság és az őszinteség útja mindig győz a gonosz felett.

Laba (Ráma fia)

Laba Dasaratha király unokája volt
Fiatal, energikus és gyönyörű
A rishik és bölcsek ashrama védelmezője
Laba híre az egész kontinensen elterjedt
Rama behívta a gyülekezetébe
Kusha testvére is elkísérte
Rámayana történetét hallgatva Rama meglepődött
Az ikertestvérek a saját fia voltak, ismerte fel Rama.

Isten keresése

A nagy templomokban ma is áldoznak állatokat
Bivalyvér, kecskék folynak, mint a folyó
Hogy tetszenek Istennek, az emberek megölik Isten saját gyermekeit
Egyetlen Isten sem fog örülni ártatlanok vérének
Isten örömmel látja majd minden élőlény szeretetét és gondoskodását
Ó, te embered, tiszta lélekkel imádkozz Istenhez
Ha ártatlan állatokat áldozsz fel, Isten nem fogadja el az imádságodat
Soha nem fog vérrel válaszolni arra, amiért imádkoztál
Isten mindig irgalmas és soha nem öl meg senkit
Ha ártatlant áldozsz fel saját hasznodra, bűnt gyűjtesz.

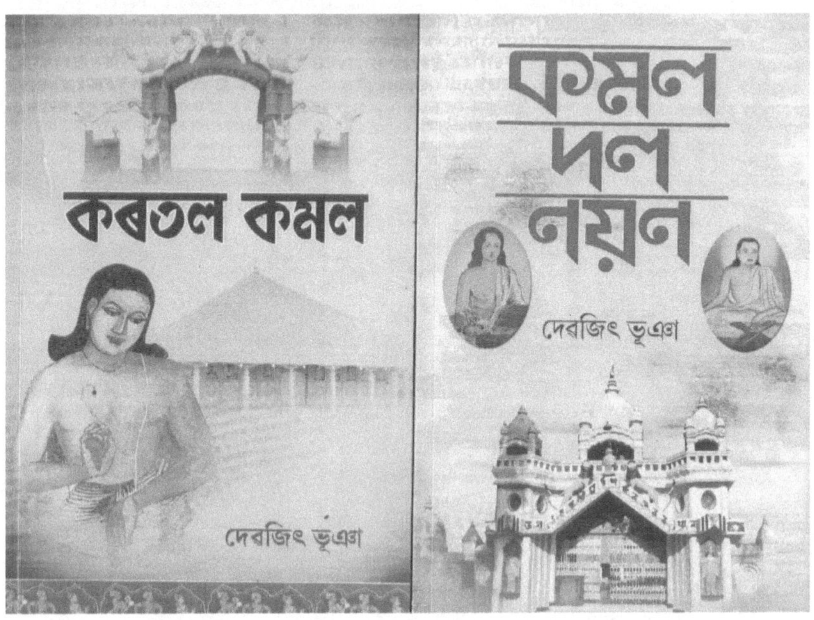

A becsületes út szekere

Ez a mi Assamunk, szeretett Assam
Nagyon kedves és közel áll a szívünkhöz
Assam a jó kultúra és a nagylelkűség földje
Nincs erkölcstelen nőkereskedelem
Még sok törzsben is nő uralkodik a családon
A pénzéhségben senki sem vállal prostitúciót
A hozomány és a menyasszonyégetés nem része az asszámi életnek
Minden nőnek és szeretett feleségnek egyenlő joga van
A becstelenség útján nagy pénzek járhatnak
De az egyszerű asszámi ember az egyszerű életet részesítette előnyben
Nagyon ritka, hogy a nők megverik és elválnak a jobbik felétől.

Vigyázz magadra

Mindig vigyázunk a testünkre
De ritkán törődik az elmével
Az elme gondozása ugyanolyan fontos
Miért hanyagoljuk el azzal, hogy nem vigyázunk?
Az egészséges életért ez nem igazságos
Az egészséges testben egészséges lélek jobb életet ad
Könnyen meg lehet nyerni az élet összetett versenyét
Beteg elme semmi jót nem érhet el
Hogy vigyázzon, az utat könnyű megtalálni
Mindig mosolyogj és légy mindenkihez kedves
Kövesd az őszinteség és tisztesség útját
Az igazság és a testvériség megnyugvást hoz neked.

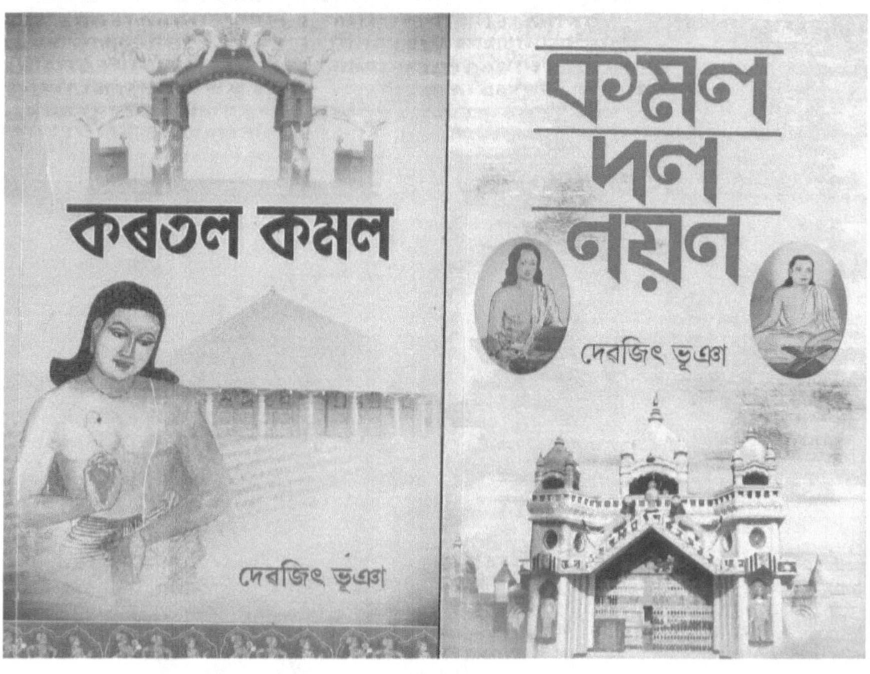

Ne vesztegesd az időt

Az idő sem statikus
Az idő sem dinamikus
Múlt, jelen és jövő
Az idő területén minden egyforma
Úgy érezzük, mintha az idő folyamatosan telik
Mint a víz áramlása a tenger felé
Felfogásunk, az idő nyílként mozog
De ha egyszer elhagyja az íjat, soha ne gyere vissza
Mégis reméljük, hogy holnap szebb lesz
Az idő soha nem áll meg egy felhős napon
Egy napsütéses reggelen sem lassul le
A megszokott módon megy évről évre
Nincs diszkrimináció vagy előnyben részesítés
Szegények, gazdagok, gyengék vagy erősek számára az idő ugyanaz
Tehát a kudarcért az idő nem okolható
Az élet legértékesebb, mégis ingyenes gazdagsága az idő
Ne pazarold az ingyenességre, használd ki, az élet rendben lesz.

Elméleti fájdalom

Vigyázz a barátaidra a lelki fájdalom idején
Szerelem és vigasztalás, lelkierő, nyerni fognak
A magány gyengévé és törékennyé teszi az elmét
Egyes döntések rosszak és ellenségesek lehetnek
A társasággal az elme boldog és vidám lesz
Az emberek az átmeneti nehézségek nagy részét le tudják küzdeni
A lelki fájdalom öngyilkosságra késztetheti az embereket
A gyenge elme mindig rossz dolgokra buzdít
Adj kísérőt barátaidnak, ha szellemileg gyengék
Bátorító szavakkal, a normalitás felé a barát visszatér.

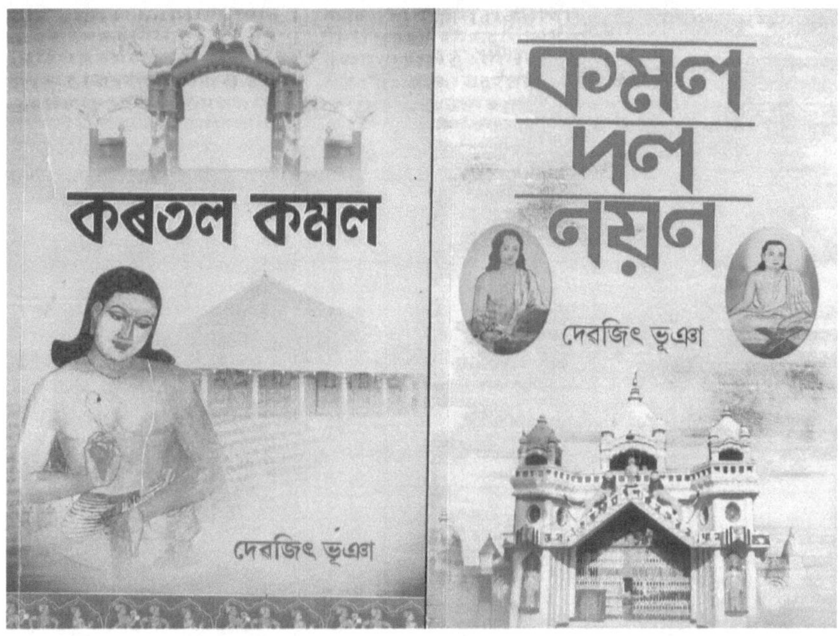

A test ápolása

Sétálj, sétálj és sétálj
Nem kell gyorsan futni ahhoz, hogy fitt maradjon
A gyaloglás a legjobb testfitness készlet
A reggeli séta kiűzi a letargiát
A test erős és vaskos lesz
A vérkeringés jobb lesz
Az elme egész nap vidámabb marad
A gyaloglásnak nincs idő- és helykorlátja
A gyaloglóversenyhez is könnyedén csatlakozhat
Új barátok lépnek kapcsolatba a sétapályán
Néhány barátság kiváló lesz, és soha nem néz vissza
A séta jót tesz a testnek, az elmének és a léleknek
Egészséges testtel és lélekkel elérheti életcélját.

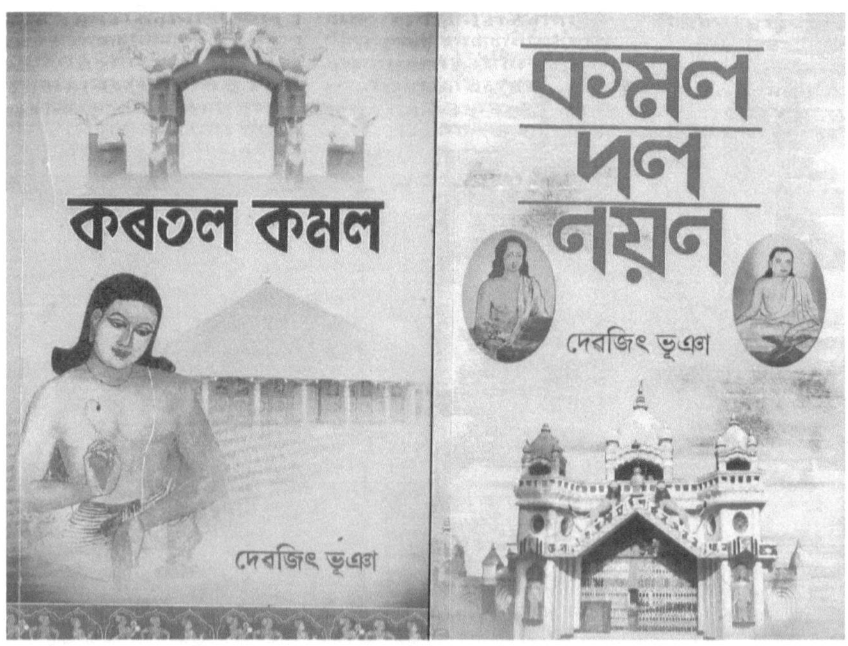

Gyermek séta

Leesik és feláll
De addig nem adta fel, amíg nem sétált
Egy nap vidáman futni kezd
Kezdődik az élet hosszú útja
Ha egyszer-kétszer elesés után nem kel fel
Soha az életben, képes leszel részt venni a versenyen
Esés nélkül senki sem tud megtanulni felállni és mozogni
A gyermekkori kis tanulás jóvá teszi az életünket.

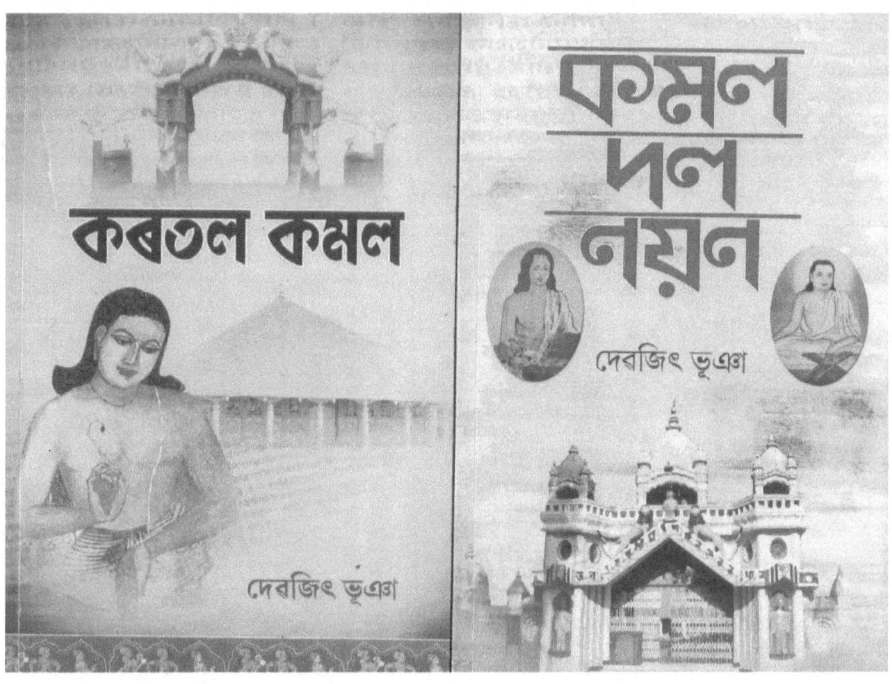

Madan humora

Madan mesélje el a vicceit
Akon nevetni kezd
Ne mondj abszurd humort
A vicceidben a mosolynak esnie kell
A kis esőcseppeknek finoman kell kopogniuk
De soha ne terjesszen szóbeszédet, hogy veszekedést kezdjen
A vicceknek nem szabad tönkretenniük a családi kapcsolatokat
A viccek a mosolyra és a nevetésre valók
Nem sírásra és a helyzet eldurvulására.

Coco a csodamopsz

Coco, te vagy a mi szeretett házi kedvencünk
A konyha a szeretett helyed
Ha az étel késik, ugatni kezd
Ha tele van a gyomorral, élvezed a futást
Nagyon nem szereted a rossz embereket
Számodra az otthon Isten temploma
Szeretett embereivel soha nem cselekszik csalás
A jelenléted mindenkit boldoggá és pezsgővé tesz
A harag és a komor arc a családból kezd eltűnni
A kutya az ember legjobb barátja, senki sem tagadhatja
Semmi sem töltheti be azt a vákuumot, amelyet a távolléted teremt.

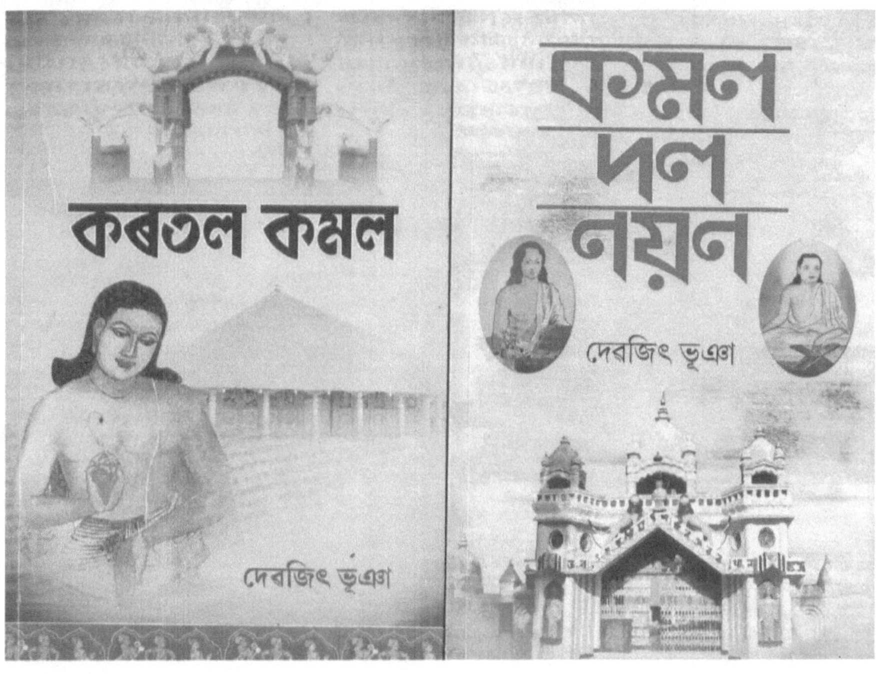

Szél

Assamban februárban felgyorsul a szél
Minden ház és utca tele lesz porral és száraz levelekkel
Elmúlt a tél, kiszáradt az idő
Lile madarak, lehullott levelek a széllel repültek
Ha felgyorsul a szél, még a nagy fák is kidőlnek
Száraz levelekkel Assam mezője barnának tűnik.

Természetes gyógynövények

A gyógynövények javíthatják az emberi szervezet immunitását
Jók a betegségek elleni küzdelemben és az egészséges életben
De soha ne higgyük, hogy minden betegséget meg tudnak gyógyítani
A gyógynövények nem ellenszerei a vírusoknak és a baktériumoknak
Csak az antibiotikumok képesek gyógyítani a tüdőgyulladást
A gyógynövények fogyasztása azonban segíthet a vírusok elleni küzdelemben
A gyógynövényeket csak kiegészítésként vegye be a jó egészség érdekében
A betegségek elleni küzdelem, a jó egészség gazdagság.

Félelem az elmétől

Hé ember, ne félj semmitől
A félelem veszélyes kártékony dolog
Az elme félelmét a test fejezi ki
És vereséget szenvedsz a verseny kezdete előtt
Félelmében szellemeket és láthatatlan lényeket látsz
És harc nélkül menekülsz a csatatérről
Ez gyávaság, etikátlan és nem helyes
Félelemmel az ember nem lehet sikeres
Ha legyőzöd a félelmet, a lehetőségek bővelkednek
Az egész világ veled lesz, ha bátor vagy
Aki nyer, arra emlékeznek a sírba járás után is.

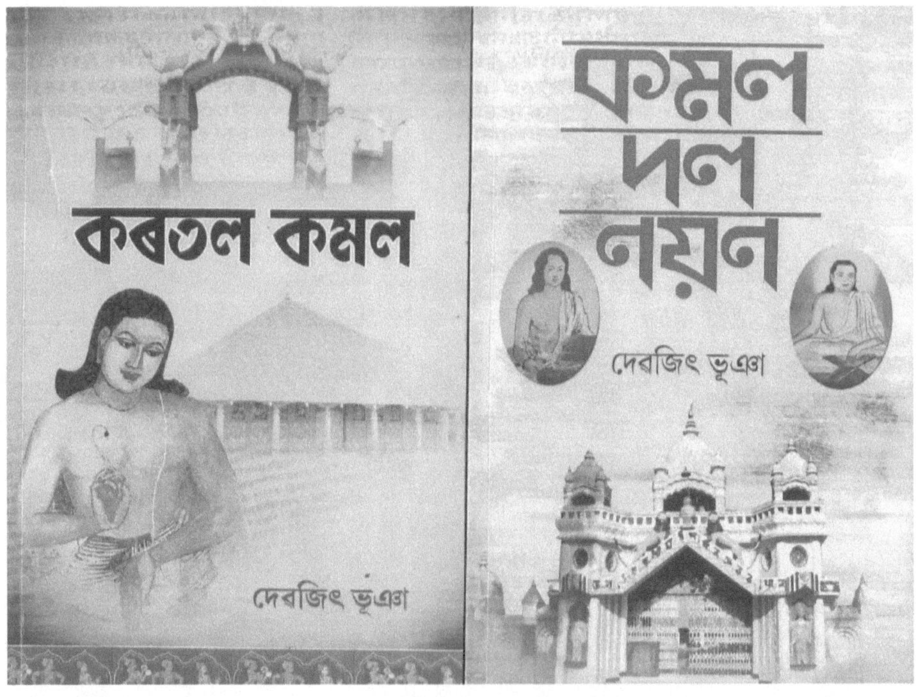

Félelem a fáktól

Az erdőben a fák félnek a fűrész hangjától
A motoros fűrészek nagyon gyorsan pusztítottak erdőt erdőre
Valamikor az embernek sok munkára volt szüksége egy fa kivágásához
De most a gépesített fűrészekkel a karosszéria problémamentes
Az eredmény katasztrofális, és az esőerdők elpusztulnak
A globális felmelegedés klímaváltozásra kényszerítette
A gleccserek olvadnak és az árvizek pusztítást okoznak
Egykor a kézifűrész az ember és a civilizáció barátja volt
A biodiverzitás és az ökológia, a motoros fűrész pusztít.

A pártváltás politikája (Indiában)

A választások ideje a legalkalmasabb a politikai hovatartozás megváltoztatására
De a pártváltás nem az emberek problémáinak megoldására szolgál
A hatalom mohóságában a vezetők és követők pártot cserélnek
A pénz, az alkohol, a gazdagság és a nő nagy motiváció
Miért csapják be a vezetők a választókat, senki sem szereti figyelemmel kísérni
 A politikusok számára az emberek kiszolgálása mindig másodlagos
Az elsődleges, hogy minél többet megtöltsék a perselyeiket
A vezetők számára fontosabb a hatalom, a hatalom és a pénz
Ez könnyen megtehető, mert a szavazók többsége tudatlan
A választási idő a legjobb az időjárás-előrejelzés és az oldal megváltoztatása szempontjából.

Új színek

Több színű virágok nyílnak
Megérkezett a tavasz Assamba
Bihu szezonja, a táncfesztivál
A dobok hangja (dhool-pepa) töri meg az éjféli csendet
A peepal fa alatt a szerelmes madarak örömmel találkoznak
Nincs gyűlölet, nincs veszekedés, nincs szín-, kaszt-, hit- vagy vallásmegosztás
Mindenki ünnepi hangulatban van, társadalmi megosztottság nélkül
Új ruhát viselő gyerekek és tizenévesek játszanak és ugrálnak
A nagymamák is aktívan részt vesznek a táncban
Még Kazirangában is ide-oda szaladgál az orrszarvúborjú, hallva dobverést.

Találkozás a következő életben

Senki sem tudja, létezik-e élet a halál után egy másik világban
A halhatatlan lélek létezése lehet mítosz, nem valóság
Szóval, minek várni arra, hogy a következő életben szeress valakit,
mondd, hogy szeretlek
Szeress és élvezd a szerelem szépségét ebben az életben
Semmit ne tartson függőben a következő képzeletbeli élethez
Örömöd és szereteted megduplázódik, ha a másik oldalon is van élet
Természetesen a párhuzamos világgal az élet definíciója tág lesz
Mégis, élvezze ma a szerelem szivárványát és az élet szépségét
Holnap, jövőre, a következő élet jöhet, vagy nem, ki tudja?

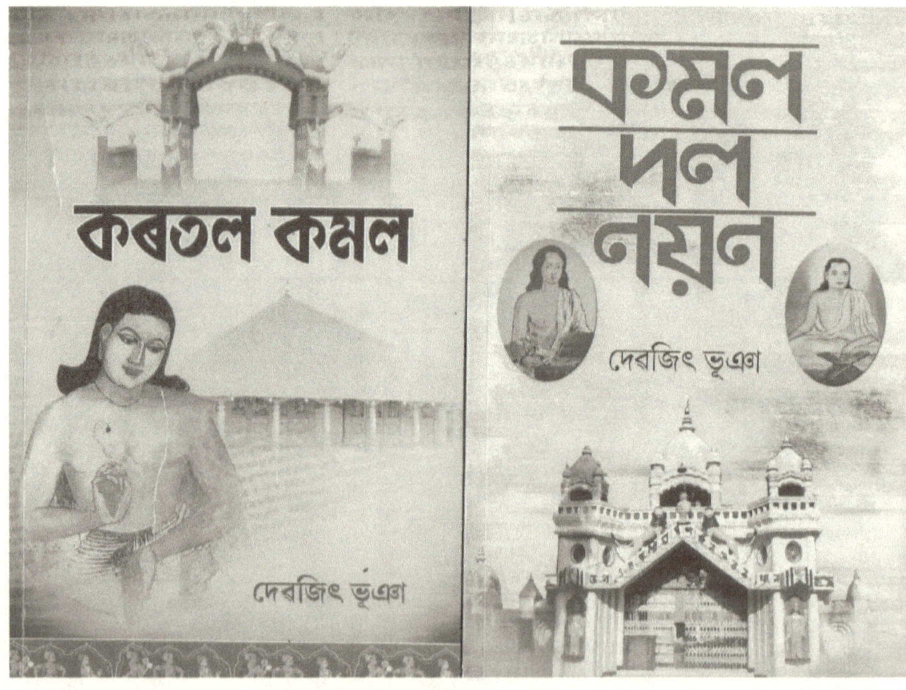

Zaklatás

Soha ne zaklassa a barátját vagy senkit
Ez ellenségeskedést és veszekedést fog hozni
A szerelem és a kapcsolat örökre eltűnik
Az emberek kerülni fognak a lármás természeted miatt
A haladás és a nyugalom eltűnik a zaklatással
A zaklatás helyett jobb a tolerancia és a sírás
Isten küld valakit, hogy letörölje a könnyeidet.

Pap

Manapság még a papok sem becsületesek és etikusak
Soha nem követik az igazság és a tisztesség útját
A papok megtévesztik az embereket a vallás nevében
Megoldás a vallás reformja és a jó emberek belépése
A papok megosztják az embereket, és harcra buzdítanak egymással
Ti emberek megmentőként és keresztapjaként bíztok bennük
A közvetítők lerombolják az igazi vallási tanításokat
Mert ez segít nekik növelni a bevételeiket
A papok álcázzák a vallást, és bemocskolják
Borral, gazdagsággal és nővel ünneplik a bulit
Jézus tanításai ma is érvényesek és egyszerűek
A vallásokban a közvetítők csak bajt okoznak.

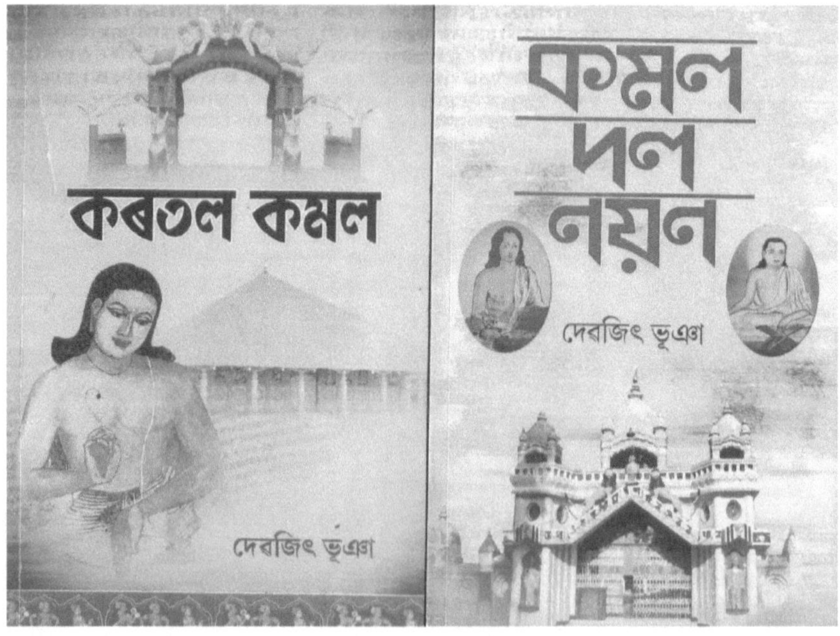

Hadd keljen fel a nap

Minden alkalommal, amikor az emberek ezrével menetelnek előre
A menetelés hangja úgy hangzik, mint egy mondóka
A vezetők saját érdekükből új politikai pártot alapítottak
A hatalmat hamis ígéretekkel, szavazással ragadják meg
De a tömegek problémái ugyanazok maradtak
A tömeges agitáció és a mozgósítás mindig politikai játszma
A vezetők jól tudják, hogy akkor lesznek uralkodók, ha hírnevet
szereznek
Vezetők jönnek, vezetők mennek, és az emberek mögöttük állnak
A hatalom a ciklus során egyik csoportról a másikra tolódik
A szegény emberek mégis szegények maradtak, mindig bajban voltak.

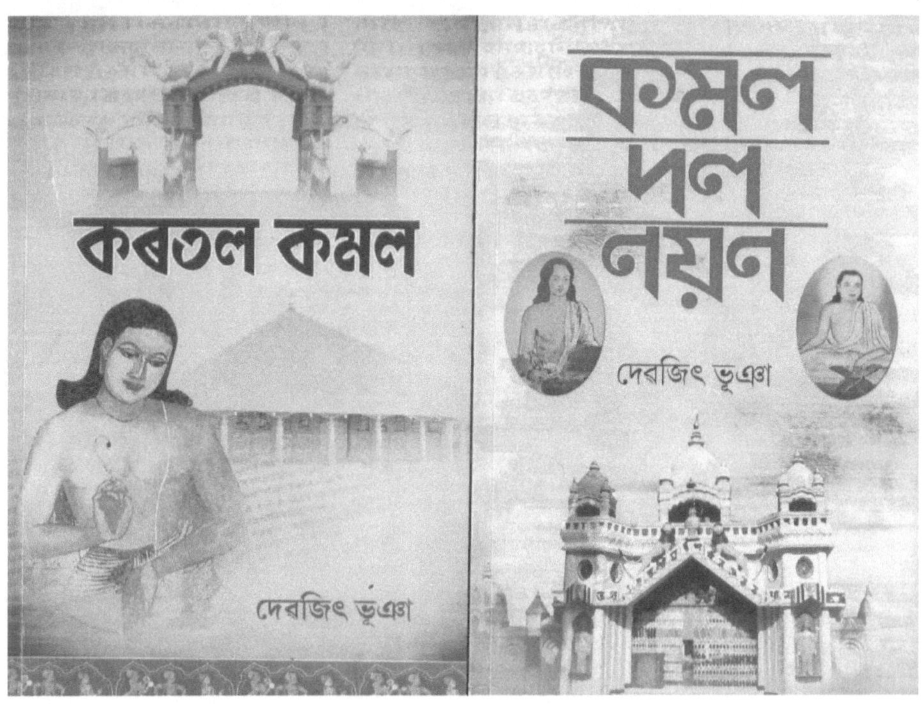

Bharata, siess

Siess, siess
Ne csússzon az úton
Ne ess le a fa alá
Rengeteg méh repül ott
A nagy fák a fáknak vannak fészkelve
A városokban nem találja meg őket
Az emberek minden fát kivágtak, hogy házat építsenek
A városok a beton, a környezetszennyezés és az autók dzsungelei
A szennyeződéstől a méhek mindig távol maradnak
A civilizációnak nincs alternatívája a városoknál
Tehát, hogy ott letelepedjünk, mindenki siet.

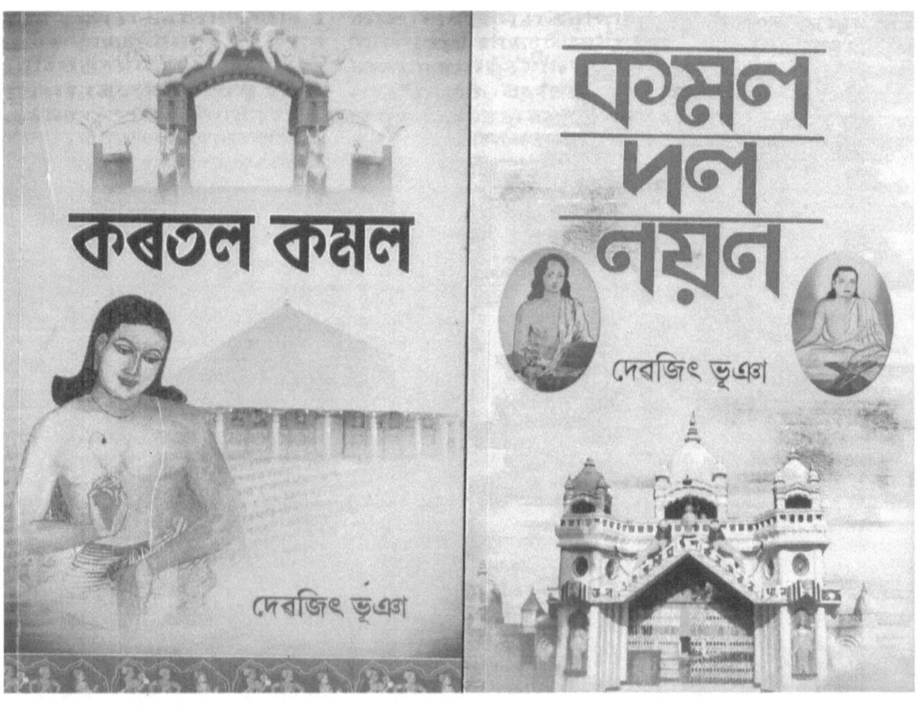

Szeress mindenkit

Szeress mindenkit, szeress mindenkit, szeress mindenkit
Senkit sem gyűlöl a pénzéhség
Ebben a világban a szerelem igazi méz
Ha szerelmet kapsz, az élet sikeres
A világ olyan lesz, mint a mennyország
A pénz és a vagyon idővel csökkenhet
De mindhalálig árad a feltétel nélküli szeretet
Mint vízcsepp a levélen, ragyogni fogsz
Az indulás pillanatában a pénz nem fog sírni
Aki szeretett, könnyekkel búcsúzik.

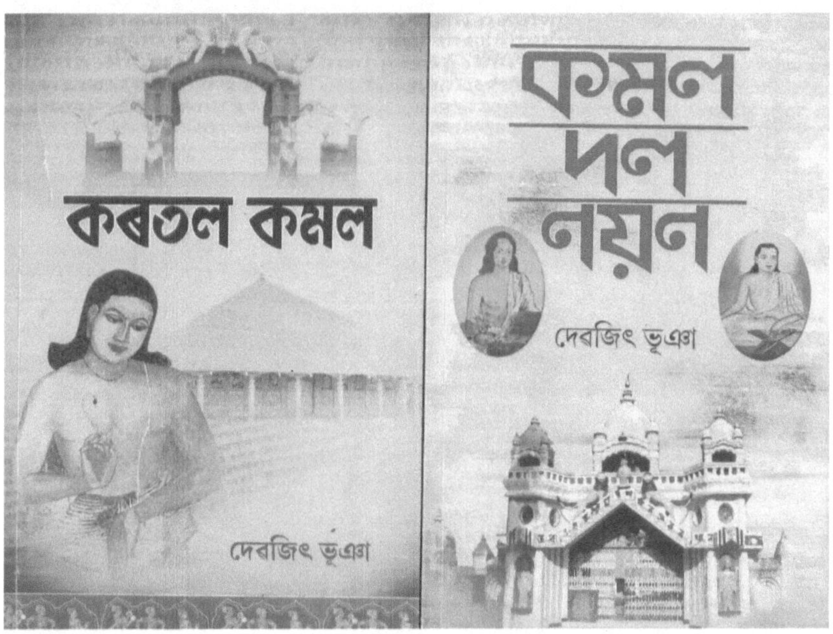

Tom, kezdj el dolgozni

Tom, kezdj el dolgozni, és törődj a dolgoddal
Senki sem ad örökké ingyen étkezést
Vedd a kezedbe a fűrészt és a hummert
Ezen a világon nincs csupa lehetőségek
Más államokból származó emberek sok pénzt keresnek Assamban
De azt mondod, nincs lehetőség az országomban
Beszélgessen számítógéppel, tollal és könyvekkel a kezedben, vagy egyszerűen ültess fákat
Egy napon ezek a fák gyümölcsöt hoznak neked, az élet feszültségmentes lesz.

A halál pillanatában

A végső távozásod idején
A pénz nem lesz a társad
A gyönyörű házad nem fog elkísérni
Az összegyűjtött szeretett javak szétszórva maradnak
Ebből az életből semmi sem lesz a másik oldalon a halál után
A húsból és csontból álló holttest a sír alatt lesz
Ha soha senkinek nem segítettél a rossz napjaiban, amikor éltél
A te sírodon senki sem fog virágot ajánlani halálod után
Amíg élsz, légy jóindulatú, nagylelkű és segíts másokon
Szeresd az embereket fájdalmuk és szorongásaik idején
Még a halál után is fejlődni fognak az emlékeid.

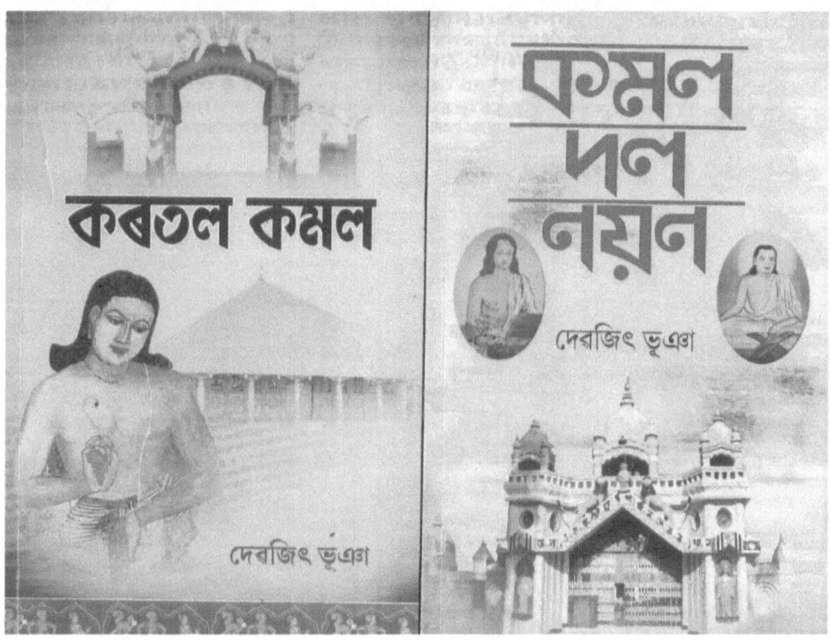

A házi veréb

Szeresd a házad közelében élő kis madarat
Régóta az ember társa
Része a homo sapiens fejlődéstörténetének
Tízezer éves utazás alatt soha nem hagyták el az embert
Most mégis veszélyben vannak a városokban és falvakban
A betondzsungel elpusztította élőhelyüket
Szeresd ezt a kis madarat, és segíts nekik a kihalástól
Ellenkező esetben az emberiség elveszíti egyik repülő társát.

Csillogó pénz

Emberek milliói éheznek
De az élelmiszerek pazarlása folytatódik
A gazdagok többet pazarolnak pénzerővel
Luxusuk és hobbijuk miatt több szén-dioxidot bocsátanak ki
Hogyan járulnak hozzá az éhező szegények a szén-dioxid-mentes megoldáshoz?
Egy nagy, fejlett város több szén-dioxidot bocsát ki, mint egy szegény nemzet
Az egyetlen megoldás a méltányos szén-dioxid-kibocsátás
Hamarosan a klímaváltozás és a globális felmelegedés halálos lesz
Még a gazdagok leggazdagabbja is áldozattá válik és elesik.

Legyen kész a munkára

Még akkor is, ha őszintén imádkozod Istenhez
Sem Isten, sem senki nem jön el, hogy elvégezze a munkádat
Hagyja fel azt a félreértést, hogy az ima önmagában is elegendő
Legyen készen arra, hogy saját maga végezze el a munkáját, és hatékony
legyen
Ha kell, építs saját utat, hidat, ne várj valakire
Ússz át a folyón és az óceánon, és ne várd, hogy Isten csónakot küldjön
Amint elkezdi csinálni, az emberek csatlakoznak, és segítő kezek
következnek
A csapat fejlődni fog, és te leszel a vezető
De munka nélkül senki nem ad neked sem sapkát, sem tollat.

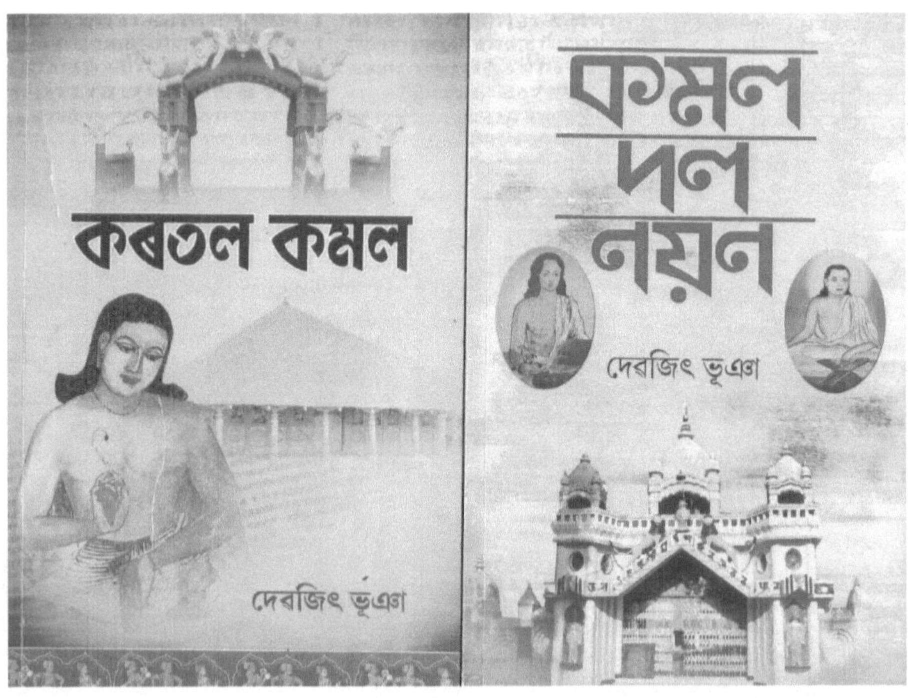

Sikeres élet

Az élet nem csak a pénzhatalom által lesz sikeres
Az élet nem csak az imádság által lesz sikeres
Még a kemény munka önmagában sem hozhat sikert
Az élet nem csak kapcsolatokon keresztül lesz sikeres
Az élet sem lesz sikeres az írásaidon keresztül
Az élet nem lesz sikeres, ha több utód születik
Az élet sikeres lesz, ha kitartóan haladunk a szeretet útján
És a nagylelkű munka az emberiség és az emberiség számára.

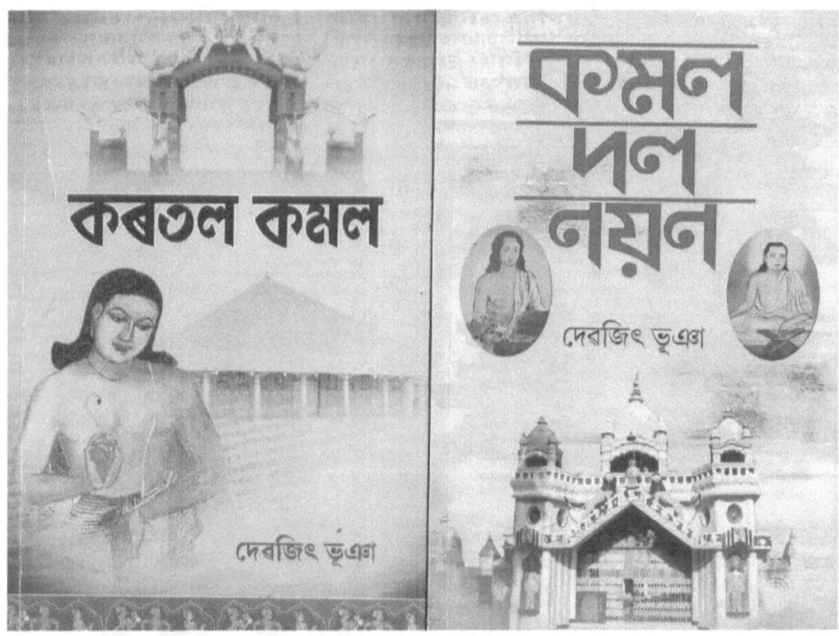

Golden Assam

Assam olyan, mint a csillogó fényes arany
A természet szépsége minden nap kibontakozik
Assam azonban elmaradott és fejletlen
Nyáron Assam víz alá merül
Az emberek több száz évig vitatkoztak erről
De az árvíz problémája még nem oldódott meg
A korrupt emberek szippantották a közpénzt
Továbbra is fárasztó volt a közös férfiút
Ó, a fiatal nemzedék egyesüljön és haladjon előre
Büntesd meg a korrupt politikusokat, és adj jutalmat Assamnak.

Gyertya

A gyertya erős fényt ad a síron
Emlékeket ad az égés közbeni halottakról
Az emberek évente egyszer emlékeztek a betegekre
Imádkozz a Mindenhatóhoz a gyertya fényével
A sír nem pusztán holttestek kidobásának helye
Ez minden barát, ellenség vagy ellenség végső úti célja
A gyertyafénynek mindenkit meg kell világítania, amíg él
Gyertyagyújtás közben mindig emlékezzünk a végállomásra.

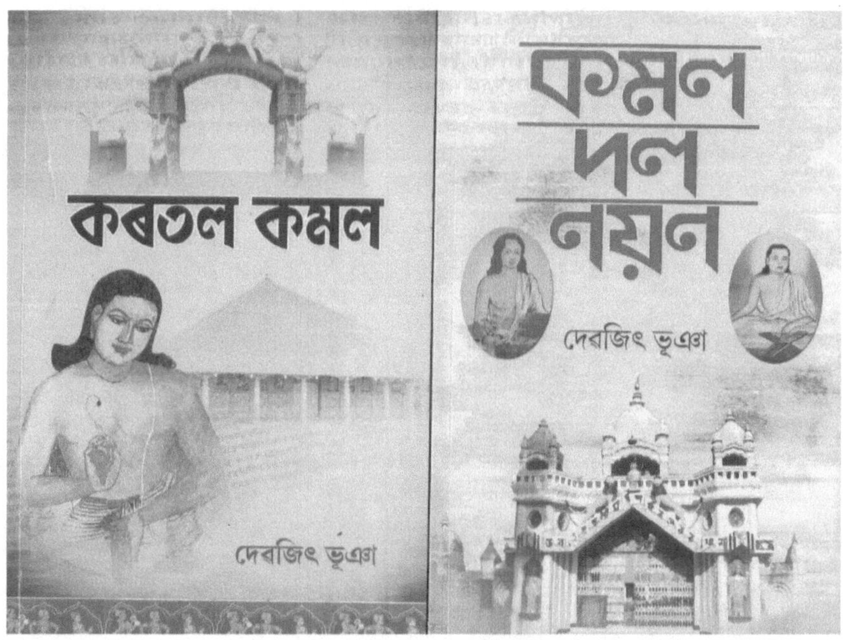

Awadh Királyság

Egykor dicső királyság volt Indiában
A királyok ura, Rama megalapította a jogállamiságot
Nincs bűnözés, nincs félelem, nincs elfojtva az eltérő hangokat
Még Sitát és Laksmanát is száműzték
Az élet Awadhban tiszta és egyszerű volt
De a virágzó királyság nem tudott ellenállni a változásnak
Mára már csak a történelem és az elpusztult műemlékek maradtak meg
Az új Rama templommal elveszett dicsősége újra feléled.

Bársony

A bársony érintése olyan gyengéd és olyan puha
Mintha a természetből származó pamut lágy integrációja lenne
Gyönyörűen és lenyűgözően néz ki különböző színekkel
A bársonyruhákat egykor a ruhák királynőjének tartották
A bársony dicsősége, bár kifakult, még mindig létezik
A bársony vonzereje még most is, az emberek nem tudnak ellenállni.

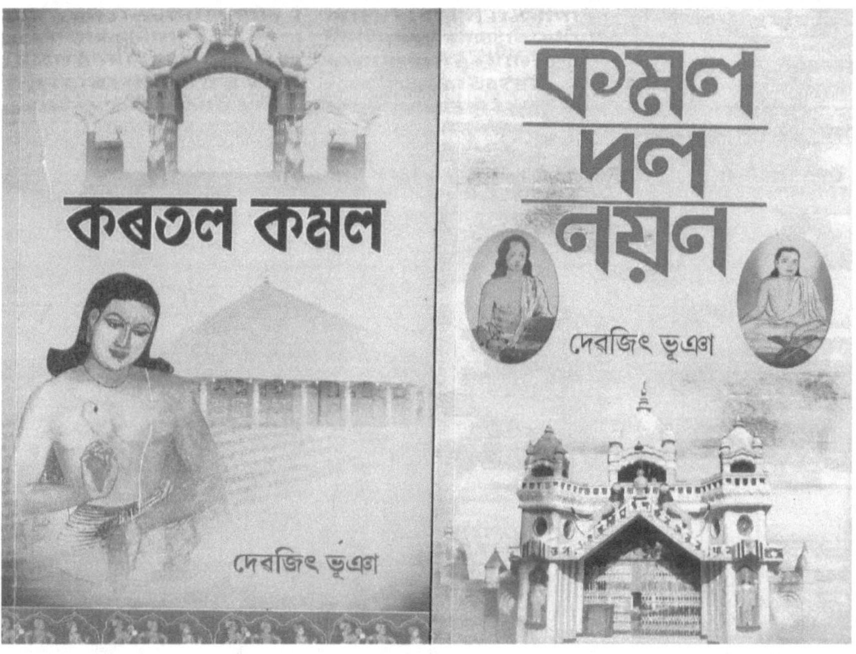

A Hold

A Hold gyakran megjelenik és eltűnik keringési útján
Amikor a Hold hajnalban eltűnik, a madarak énekelni kezdenek
Az emberek vallási böjtöt tartanak a Hold forradalmára nézve
Valamikor istennek tekintették az embert, és régen visszanyúlt a felszínére
Most az emberek versenyben vannak, hogy a technológia révén kolonizálják a Holdat
A Hold műholdként születése óta hatással volt a Földre
A dagály, apály a Hold gravitációjának hatása
Hamarosan emberi kolónia lesz a Holdon és a nemzetek konfliktusa
Az a mítosz, hogy élet létezett a Holdon, másképp történik
De a Hold természetes módon való elpusztítása veszélyes lehet
Hold nélkül Földünk éghajlata nem lesz alkalmas az életre.

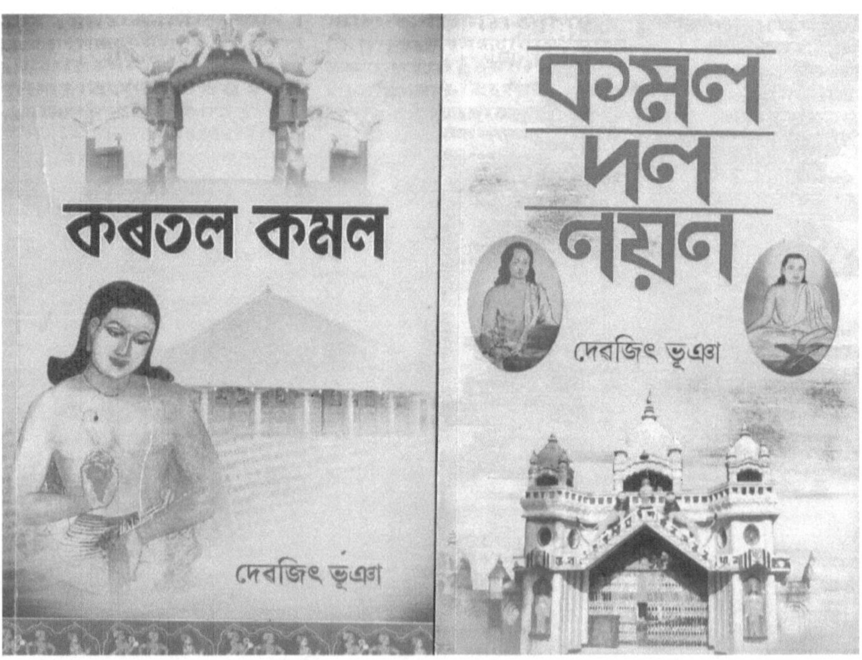

Mezei nyúl

Légy kedves az ártatlan nyúlhoz
Nem elég erősek
Minden állat meg akarja ölni őket
De fehér szőrükkel a dzsungel szépségei
Barangoljon ide-oda vidáman és örömmel
Soha ne árts senkinek semmilyen okból
De ízletes húsuk ellenséget hoz
Az emberek szórakozásból és szőrme kedvéért is megölik őket
Néha kénytelenek börtönben élni
Nem szeretik az ember által rákényszerített értelmet
Az ember elpusztította természetes élőhelyét
Most megmenteni őket csekély bók lesz.

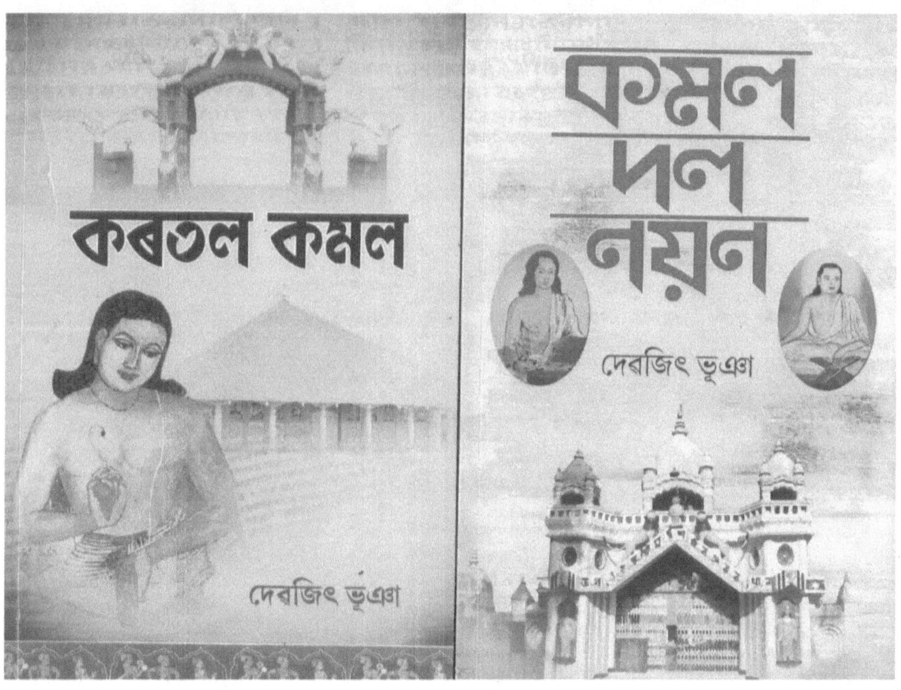

Veszekedés

Ó, kicsi gyermek, ne veszekedj, elrontja a játékodat
A düh ki fog törni, és hetekig nem játszik többé
A harag nagyon rossz az örömteli játékban
Rakd ketrecbe haragodat és veszekedj egy üvegben
Sankardeva földjén a veszekedésnek nincs helye
Szeressétek egymást, és játsszatok vidáman a barátokkal
Ahogy öregszel, ezek a napok segítenek abbahagyni a veszekedést
A társadalom racionális lesz és mentes az erőszaktól.

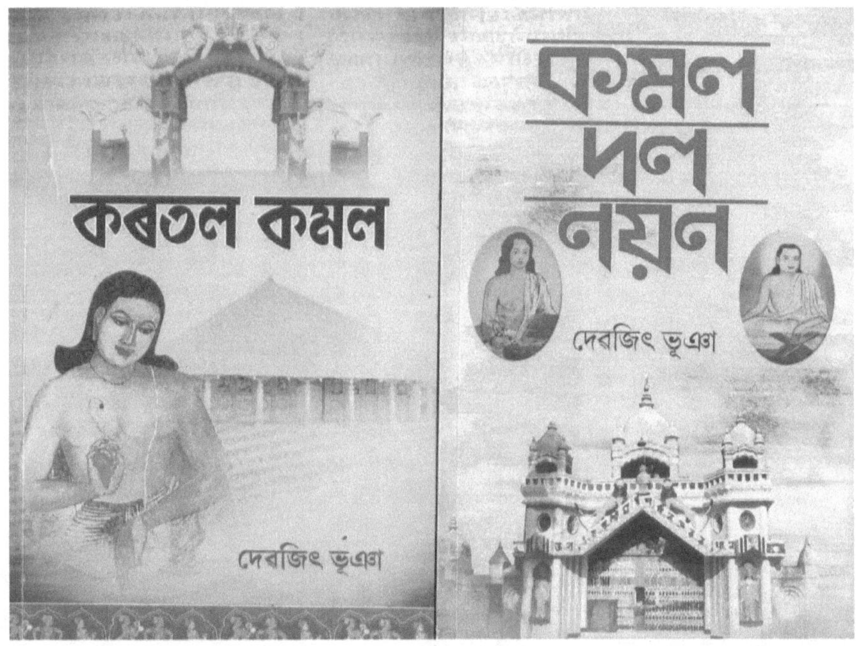

Rhino, harc a túlélésért

Rhino, ne félj az orvvadásztól
Vedd észre, milyen erős vagy a kürttel
Harcolj az emberekkel a túlélésért
Vigyél magaddal szarvast, elefántot társnak
Barátkozz a Kobra királlyal is
Mindannyian Kaziranga megmentőjévé váltak
Kaziranga a te földed időtlen idők óta
Sas és vad bivaly is a csapatodban lesz
Ne légy olyan, mint a piton, aki állandóan egyedül alszik
Te vagy az állatok vezetője Kazingában, harc
Egy napon a józan ész győzni fog az emberen
Meg fogja nyerni a versenyt a túlélésért minden állattal.

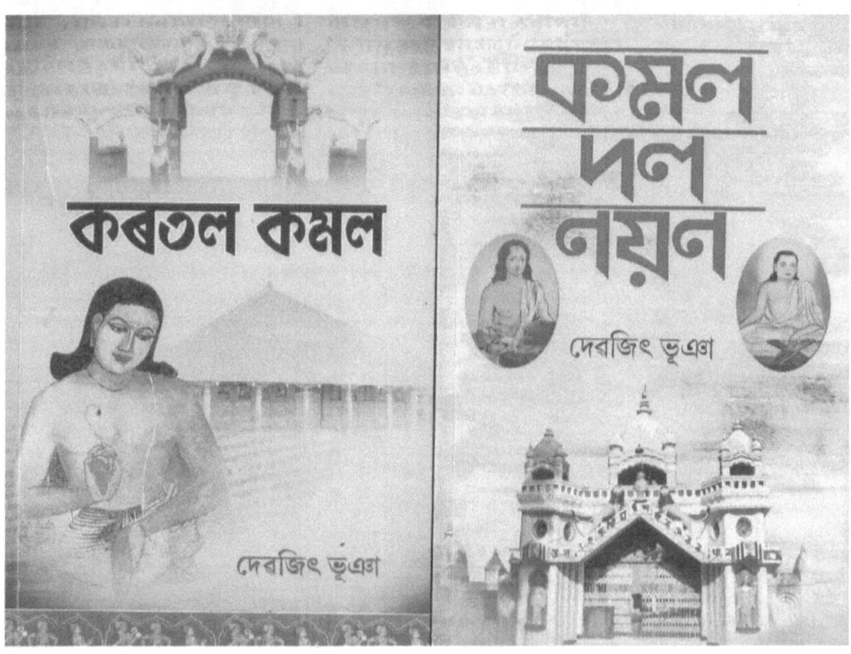

A folyó hulláma

Néha a folyó csobogása hullámmá válik
A víz árvízként gyorsan áramlik a síkságra
A cikk-cakk a folyó folyásává válik
Utak, házak vetnek, minden víz alá kerül
A sár- és homokrétegek tönkreteszik a házakat
A zöld füvek mégis újra nőnek az árvíz után
Mintha a gyep áradatot hívna megfiatalításra.

Szúnyog

Zárt víztestben született
Úgy hangzik, mint egy kis mézelő méh
Mindig mohó az emberi vérre
Bár az élet néhány napos és rövid
Nyáron a fajták kedvelik a vadfüvet
Lázhoz és egyéb betegségekhez vezet az emberben
Guwahati városa, Assam a szúnyogok Mekkája.

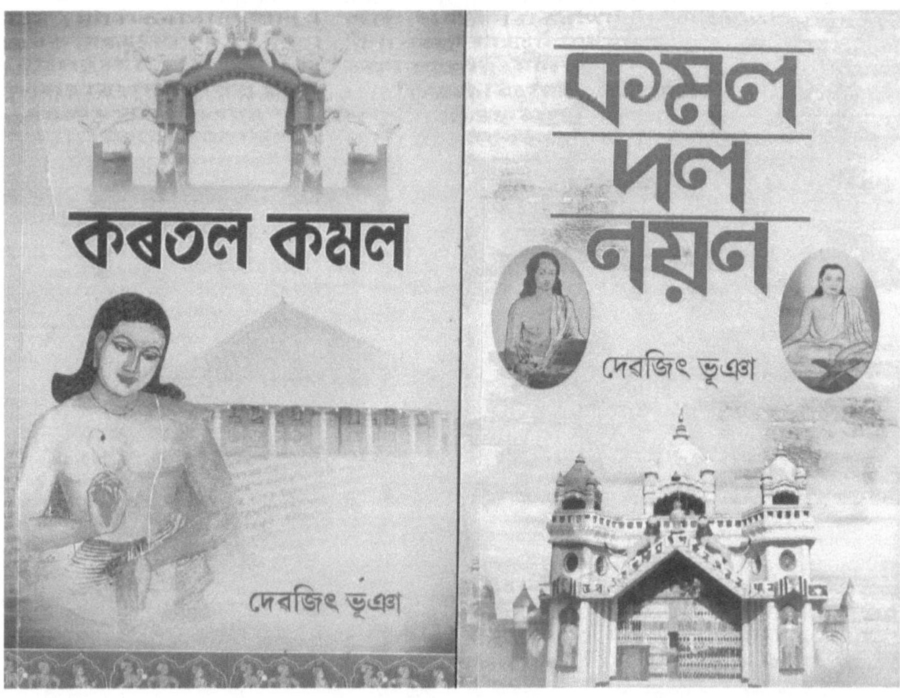

Csillagjós

Az asztrológusok nem képviselik Istent
A jóslataik legtöbbször rosszul sülnek el
Az asztrológusok úgynevezett számításai csalás
Becsapják az embereket, és pénzt keresnek saját hasznukra
Az átlagemberek mégis úgy vélik, hogy a kellő korban megöregedett a vak hit
Több pénzzel kedves szavakat és jobb jóslatokat mondanak
De pénz nélkül túl sok korlátozást fognak bevezetni.

Hatvan éves

Hatvan évesen nem lehet úgy futni, mint húsz évesen
A test legyengül, törékennyé válik, a csontok pedig törékennyé válnak
A csontrepedések vagy sérülések soha nem gyógyulnak be gyorsan
Bár az elméd olyan fiatal lehet, mint egy fiatal vagy tizenéves
De némi munka után a tested pihenni fog
Fogadd el, hogy nem tudsz olyan gyorsan futni, mint az egyetemi évek alatt
A biztosítótársaságok még az extra díjakért is vonakodnak
Vigyázz az egészségedre és a szívedre hatvan évesen is
Edzés és túl gyors séta nélkül berozsdásodik.

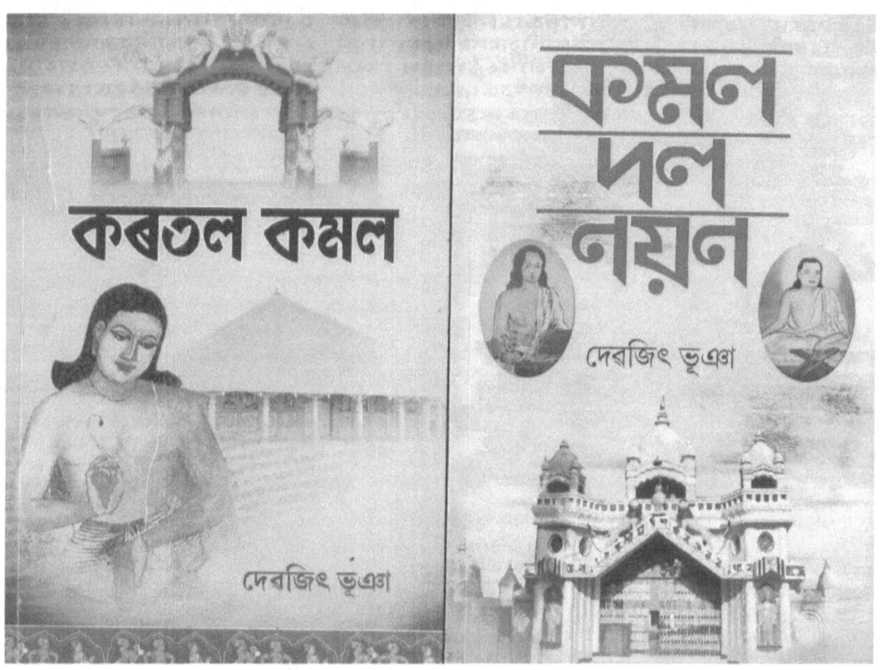

Nem bomló anya

Emberek jönnek és emberek mennek
Az elme minden pillanatban megváltozik
Néha az emberek dicsérni fognak
Időnként az emberek elutasítják
Néha az emberek közömbösek lesznek
De mint a dombok és hegyek
Anya mindig veled lesz
Gyermekszeretete nem kérdéses
Ezért halad az evolúció
Emberi civilizációnk pedig folyamatosan fejlődik.

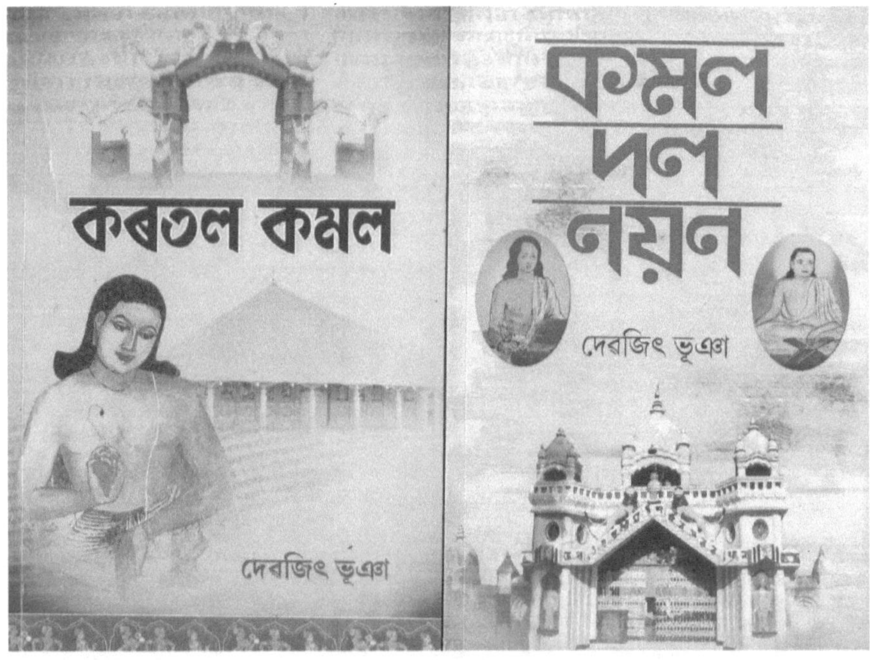

Szeretett Assam

Assam a mi szeretett helyünk
Mindig emlékezünk még külföldön is
Minden nap gondolunk a visszatérésre
A gyümölcsök itt változatosak és lédúsak
A mérsékelt éghajlat túl jó ahhoz, hogy érezzük
Különleges biodiverzitású hántolatlan fajták
Az egyszarvú orrszarvú és állat növeli a jólétet
Az emberek egyszerűek és nem vágynak a gazdagságra
Az anyaország, Assam az igazi erősségünk.

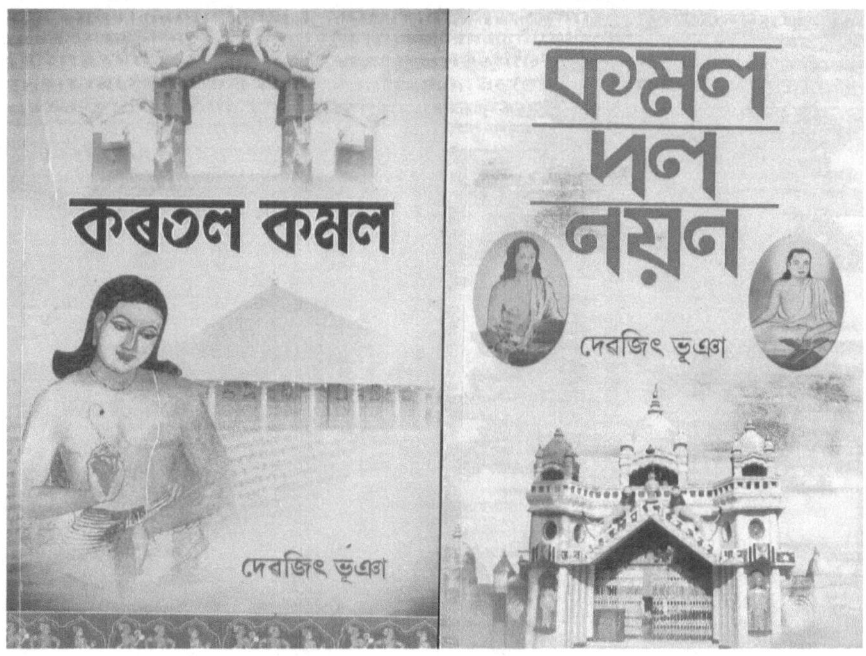

Szerelem balzsam

A balzsam gyógyítja a szárnyféreg okozta viszketést
Balzsamot szedünk, hogy megszabaduljunk a különböző szenvedésektől
De lelki fájdalomban a szerelem az egyetlen balzsam
Gyógyítsd meg valakinek a lelki fájdalmát szeretettel és törődéssel
Örömet fog okozni a saját elmédnek
A babona nem gyógyítja meg a testi és lelki betegségeket
Az orrszarvú szarvának vagy tigrisfogának nincs mágikus gyógyító ereje
 Ártatlan szépségű teremtmények
Orrszarvúk megölése gyógyulásért csak őrület
Szeresd kedvesen Isten minden teremtményét.

Információ az otthonról és a családról

Sok ember elméje továbbra is szomorú és lehangolt
A mai helyzet hazai fronton nem jó és egyszerű
A kapcsolatok túl bonyolultak ahhoz, hogy az otthon édes legyen
Amikor a saját otthonunk nincs jó állapotban és nincs összhangban
Hogyan gondolhatunk harmóniára városban és vidéken?
Mindenkinek dolgoznia kell a kedvező otthoni környezetért
Dobd el az egót és a hamis felsőbbrendűségi komplexumot otthon
Az otthon megváltoztatásához a szerelem, a szenvedély és az elengedés
hozzáállása az út
Ha a hazai front jó úton halad, a nemzet is megingatja magát.

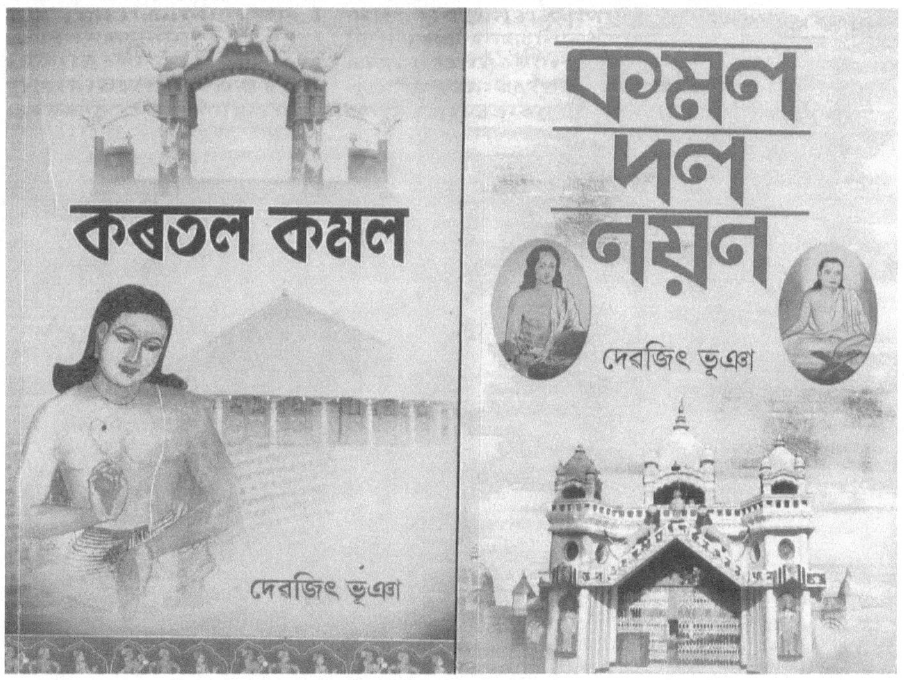

A pénz kemény munkával jön

A pénz soha nem terem a mezőn vagy a fákon
De a termesztés pénzt termelhet
A kölcsönként felvett pénzt vissza kell fizetni
Ez nem a saját nehezen megkeresett pénze
A kemény munkával megkeresett pénz csak méz
Ne vesztegesse az idejét arra, hogy gondolkodjon, hogyan fog jönni a pénz
Ha a helyes úton jársz, mindenhol pénzt találsz
De még a pénz beszedéséhez is keményen kell dolgozni
A pénzhez vezető út mindig tele van akadályokkal és tövisekkel
Tehát ne pazarolja az időt, az idő pénz, és ahhoz, hogy legyen pénze, idő kell.

A bika

A bika szántani kezdett az embernek, és megváltozott a civilizáció
De a bika csak minimális részt vesz ki a termesztésből
Mégsem panasz vagy harag az embernél kisebb intelligencia miatt
Az emberek még bikákat is lemészároltak az ünnepek alatt, hogy húst kapjanak
A bikák a kicsi és tehetetlen Isten gyermekei
Mi a baj, ha etikus bánásmódban részesítjük őket?
Az emberi civilizáció fejlődéséhez óriási hozzájárulásuk van.

Harag

A harag a legnagyobb ellenségünk
Dühükben az emberek közel és kedvesek ölnek
Család, ország elpusztul
A pillanat hevében nagy események történnek
És a szenvedések egész életen át tartanak
Urald a haragodat minden nap, minden pillanatban
Az előny hatalmas és felbecsülhetetlen lesz
Elkezdsz szeretni mindenkit, és mindenki szeretni fog téged
Virágok ezrei fognak kivirágozni a szivárvánnyal.

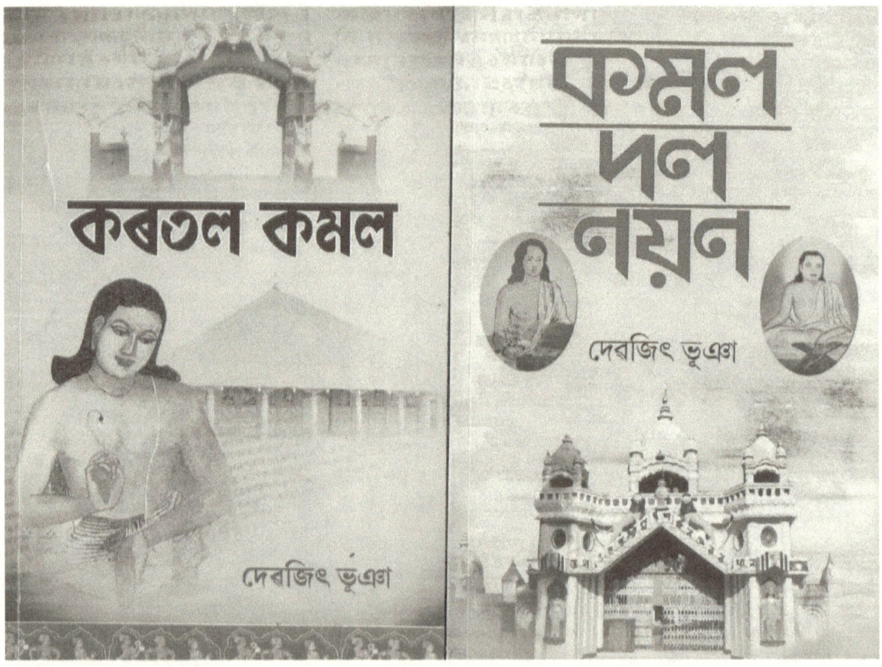

Fújj meleget fújj hideget

Időnként fújj meleget, ha az idő úgy kívánja, fújj hideget
Ahhoz, hogy sikeres legyél az életben, ez egy fontos szabály
Ha túlságosan felforrósodik, a célját nem szolgálja
Ha túl hideg leszel, az emberek kihasználják
Beszéd közben légy udvarias, de ha szükséges, beszélj keményen
Semmilyen helyzetben nem kell rakoncátlannak vagy durvának lenni
Ha a hiba és a hiba a te részedről van szó, soha ne legyél dühös
Ellenkező esetben az emberek sarokba szorítanak, mintha tigriséhesek
lennének
A helyzetnek és körülményeknek megfelelően reagálni az életre jó
Ne felejtsd el mindig szidni, csak a feleséggel van igaza.

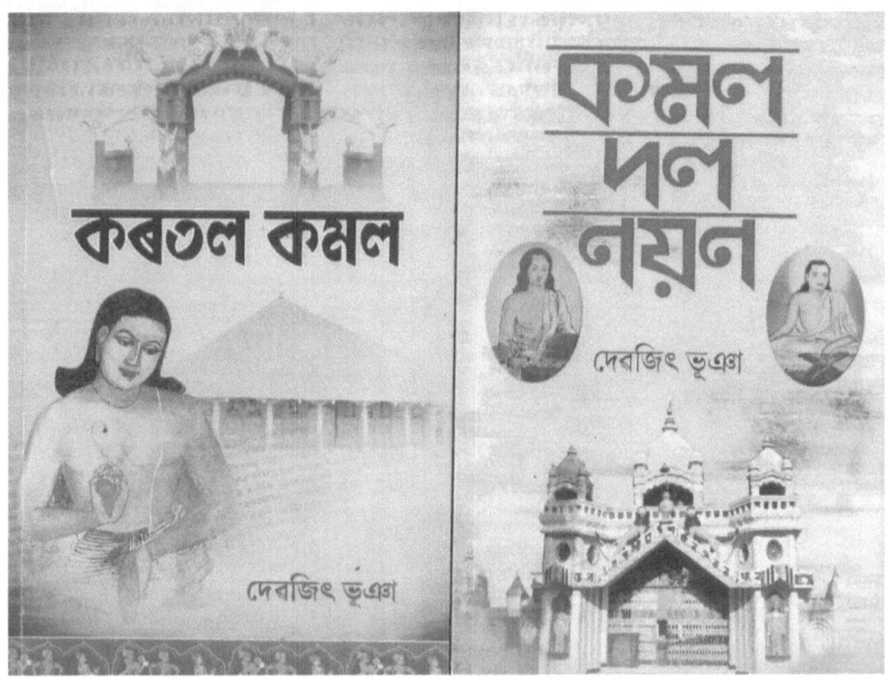

Hoity toity

Soha ne légy lovag az egoban
Hamarosan az emberek tudni fogják az ön hűséges hozzáállását
Az emberek szerelme irántad úgy olvad el, mint a jég
Jobb racionálisnak lenni és udvariasan viselkedni
Hoity-toity hozzáállás leszorítja
Az emberek letaszítják a trónról a nehezen megszerzett koronádat
A büszke hozzáállás sírt ás majd jóindulatának
Igényes testbeszéde fellök majd a domb tetejéről.

Újévi szeretet és ragaszkodás

Fogadj szeretetet és jókívánságokat az új évre
Vigye el vele a szivárvány hét színét
A fák színe megváltozott
A bihui fesztiválon az emberek új ruhákat vásárolnak
Mindenki más-más színben élvezi a fesztivált
Még a bikák és tehenek is új kötéllel vannak
Vannak, akik Istenben fogadják a szemetet a jobb jövő érdekében
Hagyja fel a gyűlöletet, a féltékenységet és az egóját az új évben
A peepal fák alatt dob hangja (dhool)
A fiatal táncosok vidámak és jókedvűek
A bihui fesztivál idején Assam vidám hangulatban van
Az orrszarvúk és a madarak a dzsungelben szintén boldogok és táncolnak
Assam légköre ünnepi, vidám és örömteli.

Assam időjárása március-áprilisban

Az idő kellemes és szép lesz
Fehér felhő repül a kék égen
Az utakon a járművek gyorsan futnak
A nagy munkaterhelés miatt Pawan nem látogatott haza
Ikon elméje komor Pawan hiánya miatt
A virágzó kreppjázminfa felé néz
Az elméje vidámmá válik a dob hangját hallva (dhool)
Barátaival a bihui mezőre fut
Egy peeling fa alatt mindenki együtt táncolt
Bihu az asszámi kultúra mentőöve
Március-április a gyönyörű idő időszaka.

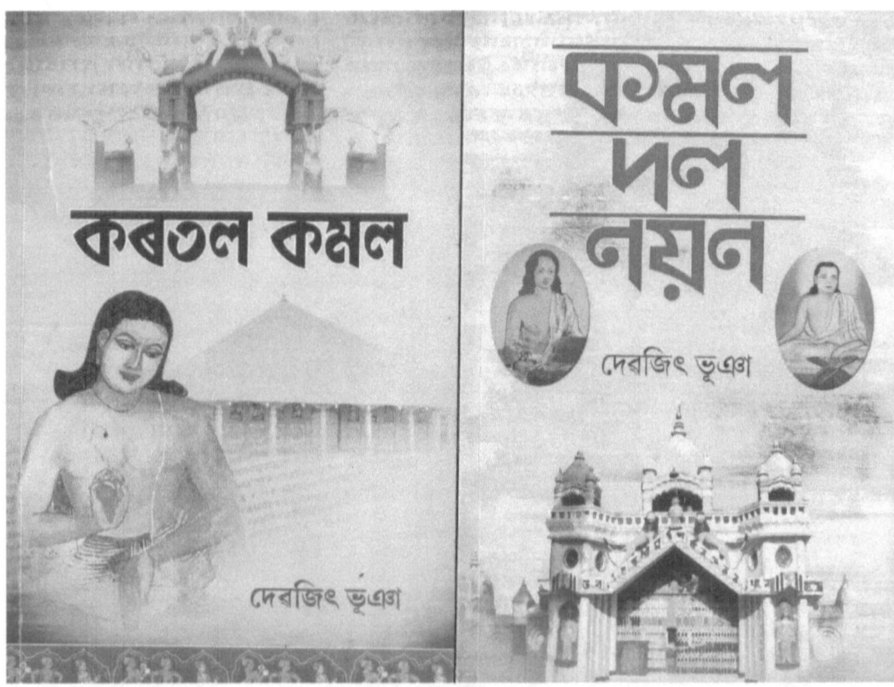

Április szerelem

Vedd szerelmem áprilist, az ünnepi hangulat idejét
Nem tudok neked drága ruhát vagy díszeket adni
Nincs tele a zsebem pénzzel
A szívem mégis szeretet és ragaszkodás
Az úti pénzéhség csupa tüske
De a szerelem útja végtelen illatú
Április az a hónap, amikor drága ajándékokat kell vásárolni a
gazdagoknak
Számomra ez a hónap a testvériség és a szeretet terjesztésének hónapja
Lehet, hogy nem tudok egy drága üveg bort ajándékozni
De a szívem szabadon meglátogathat egy ölelésért
Számomra egyetlen ajándék sem fontosabb vagy költségesebb, mint a
boldog arcod
Ha egyszer átölelsz és örömmel mosolyogsz, az egész világ az enyém.

A különös világ

Különös világ ez
A gazdagok túl gazdagok, a szegények kézről szájra járnak
Semmi keletre, és otthon aludni
Senki sem törődik szegények nyomorúságával
A szépségszalon közelében luxusautók állnak meg
Több ezer dollárt költöttek ápolásra és hajfestésre
De egy fillért sem szabad az úton ülő koldusnak
Ez valóban a legfelsőbb állati emberi lény furcsa világa
Az emberek minden pillanatban abszurd dolgokkal vannak elfoglalva
Ebben a világban nagyon nehéz megélhetést keresni az őszinteséggel
De millió dollárok jönnek csaláson és az emberek megtévesztésére
Egy jobb világért azonban a tisztesség és az őszinteség egyszerű
szabály.

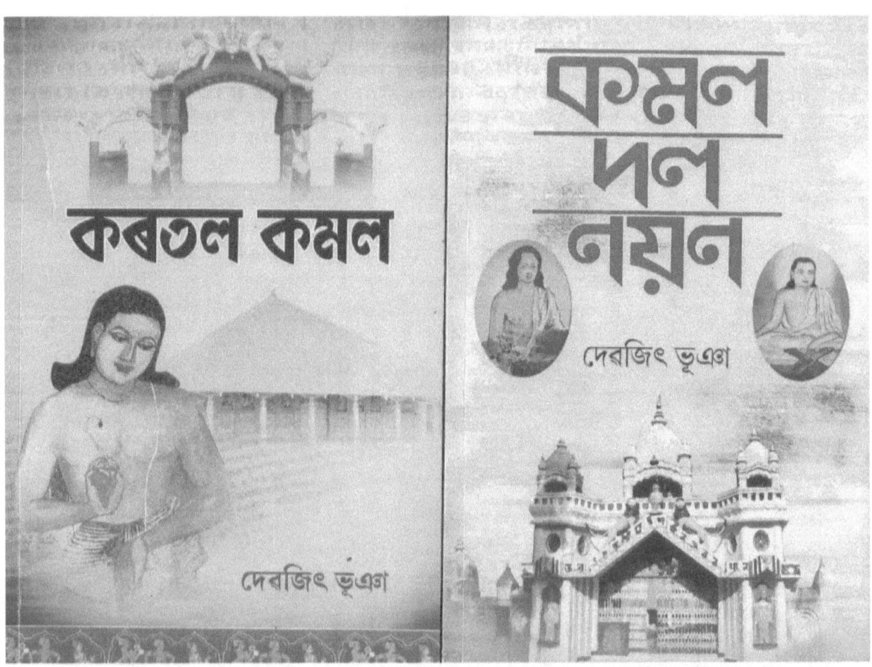

Anyai szeretet

Anya anya, szeretett anya
Anya anya, ragaszkodó anya
A mennyország sem egyenlő az anyával
A szerelem úgy folyik, mint a folyó
Egyetlen szerelem sem tisztább az anyai szeretetnél
Gyermekei minden hibáját megbocsátja
Vigyázzon akkor is, ha beteg és fáradt
Vészhelyzet idején mindenki vegyen szemetet a karjába
Érintése és csókja a legjobb fájdalom balzsam
Soha ne hanyagold el vagy adj lelki fájdalmat anyának
Ő a kapocs az emberiség és a testvériség között
A múlt, a jelen és a jövő átáramlik az anyaméhben
Anya nélkül az idő és a civilizáció nagy mennydörgéssel megáll.

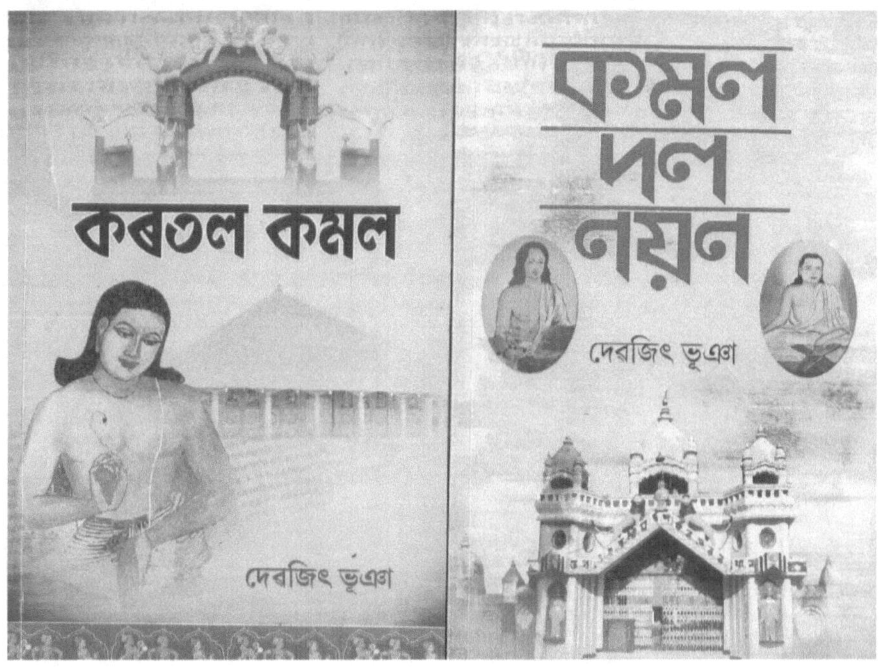

Felhő

Tanítsd meg A-alma, B-labda, C-klíma
Az éghajlat nagyon gyorsan változik
Heves esőzés márciusban
Az idő előtti eső tönkretette az ünnepet
Még a sivatagokban is pusztítást okozott a heves esőzés
De az éghajlatváltozásra az emberek érzéketlenek
A felhőszakadás gyakran megtörténik
A dombokban és tervekben nyomorúságot hoz
A sivatagok, dombok és síkságok egyike sem mentes a klímaváltozástól
A monszun iránya ingadozóvá válik
A termékeny földek pedig huzattól és fájdalomtól szenvednek
Az éghajlatváltozás megállításához most a jövőképnek kell lennie.

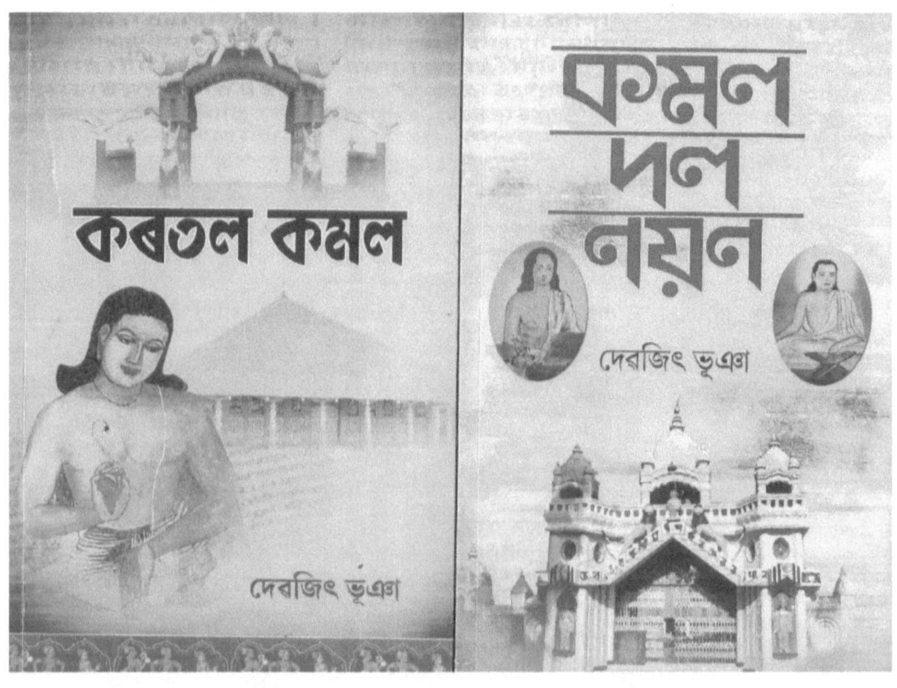

Visszaélés

Az anyaföldi erőforrások csökkennek
De a homo sapiens populáció növekszik
Ne használjon helytelenül vizet, ne használjon vissza energiát
Ne használj vissza ruhát, ne használj vissza pénzt
Ne használjon helytelenül tollat, ceruzát, papírt és műanyagot
Ne használjon helytelenül a cukrot, a sót és még egyetlen gabonát sem
Ne használja vissza az időt, és ne hagyja ki a vonatot
Emberek milliói még mindig üres gyomorral alszanak
A pazarlás minimalizálásával naponta kétszer étkezhetnek
Isten számára a dolgokkal való visszaélés csökkentése igazi imádság lehet.

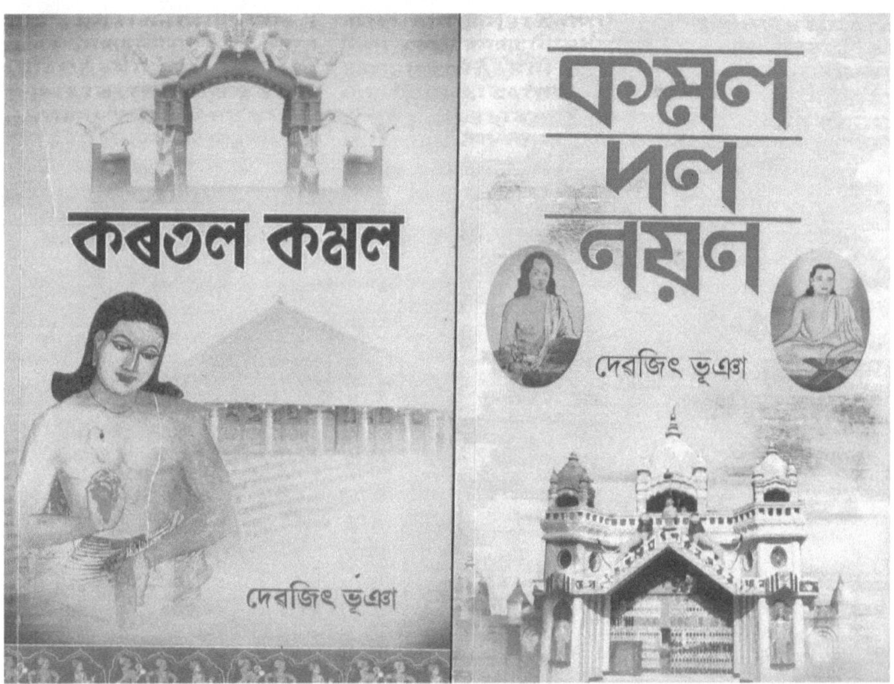

Egyszer volt, hol nem volt

Valamikor Assam tele volt erőforrásokkal
Korlátozottan lakott kisvárosokban és falvakban
A háztáji kertekben a fák bővelkedtek gyümölcsökben
A konyhakertek tele voltak zöld leveles zöldségekkel
A tavakban élénkek a különböző őshonos halfajták
Hirtelen emberek vándoroltak ki a közeli népes országokból
Elkezdték ingyenesen elfoglalni a szarvasmarha-legelőket
A konfliktus az őslakosok és a migránsok között kezdődött
A villanáspontot a bevándorlók Nelie-mészárlása jelentette
Nelie még mindig ijesztő a békés Assam történetében
A politika tönkretette Sankardeva alapvető tanítását a toleranciáról.

Értéktelen szerelem

A szerelem értéktelen marketing árucikké vált
Ha pénzt osztasz szét, az emberek szeretni fognak és csodálni fognak
A pénzzel rengeteg szeretet és mosolygó arc lesz
De az egekbe szökő lesz a napi és a fesztivál költségei
Amint abbahagyod a nagylelkűséget, a szerelem folyója kiszárad
A társaságért és a kapcsolatokért egyedül kell sírnod
Senki sem fog emlékezni az irántuk tanúsított szeretetedre és törődésedre
Egyszer abbahagytad, hogy aranytojást tojó tyúkként folytattad
Jobb egyedül utazni a világban, és ismeretlen emberekkel találkozni
Elnyerheti valaki szívét anélkül, hogy egyetlen fillért sem költene
Ennek az ismeretlen barátnak a szerelme mézként marad egész életében.

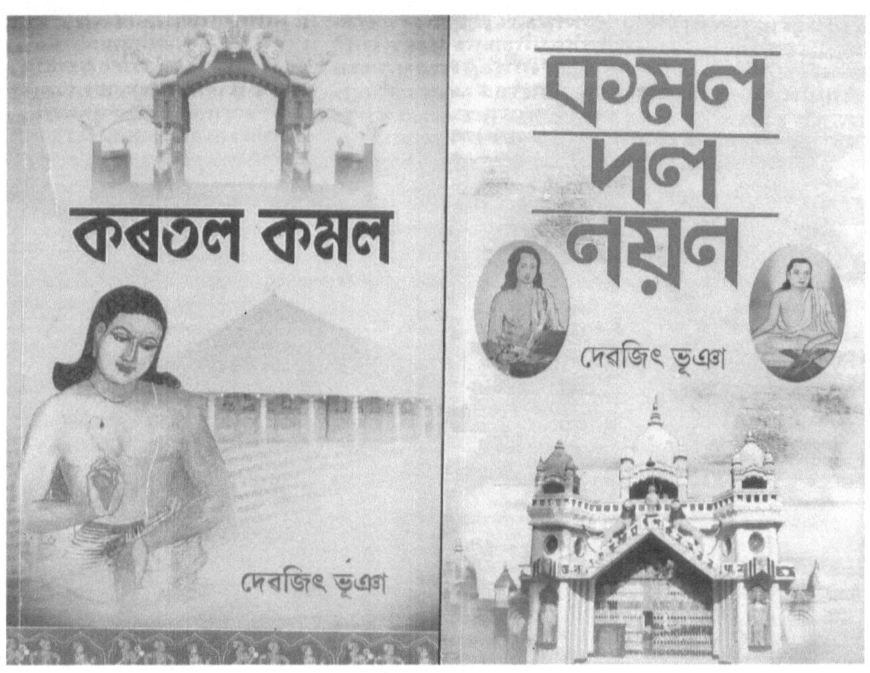

Az Ahom hatszáz éves folyamatos uralma

Az Ahom Burmából, mai nevén Mianmarból érkezett Assamba
És létrehozta az Ahom Királyságot, legyőzve a kis királyokat
Hatszáz évig uralták Assamot megszakítás nélkül
Egyesítse az összes kisebb etnikai csoportot egy nagyobb Assam létrehozása érdekében
A régió mezőgazdasággal, kereskedelemmel és palotaépítéssel virágzik
Tudva Assam gazdagságát, a mogulok tizenhétszer támadták meg Asszámot
De nem tudta meghódítani az Ahom Királyságot, és legendás harcosok születtek
Később az Ahom hercegek közötti belharcok a királyság bukásához vezettek
A britek könnyedén legyőzték Asszámot rövid időre megszálló burmai hadsereget
Ahom királyságának története és dicsősége örökre kialudt.

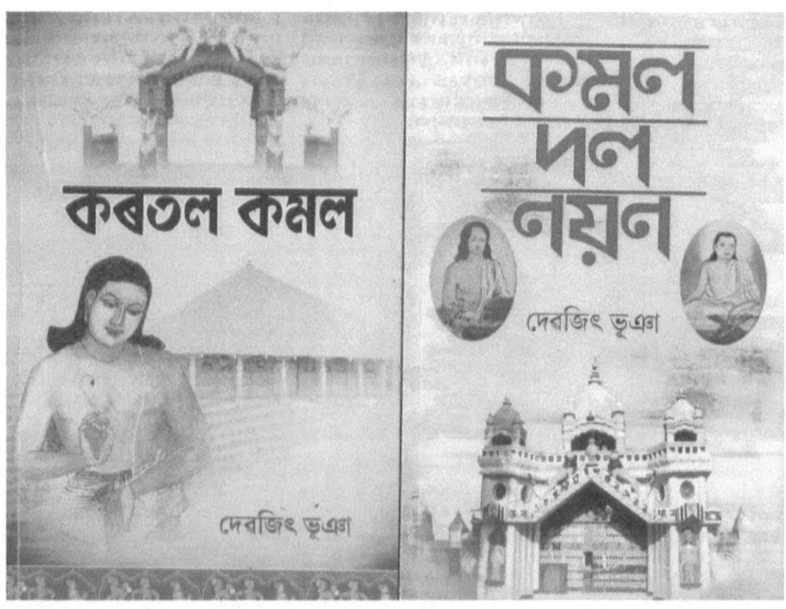

sikeres leszek

Nem vagyok önző egyén egy elszigetelt szigeten
Emberek és társadalom nélkül nincs helyem
Ezért vagyok mindig dinamikus, soha nem statikus
Az emberek erejével rettenthetetlen vagyok
Letörhetjük a hegyet és új folyót áshatunk
Az emberekkel úgy tudok repülni a levegőben, mint egy sas
Úgy tudok ragyogni, mint a telihold az égen
Tehát őszinte és elkötelezett vagyok a népem iránt
Mindig együtt élek közösségi életet, ez egyszerű
A csapatmunka és a közös munka a fejlődés utam
Ezért bízom magam és csapatom sikerében.

Az égő virágfa

A kadam (égett virág) fa fölött a sas fészket rak
Alatta az elefánt vidáman játszik és pihen
Az anyaelefánt a közeli banánfát nézi
A borja szeretné élvezni a szabadon futó kis banánnövényeket
A Simaluról (bombax-ceiba) repülő kis pamutdarabkák jöttek
A borjú ugrik, hogy elkapja ugyanazt, és futni kezdett mögötte
A dobverést hallva az anya óvatossá válik
A kemény lépés a dzsungel felé, és élvezte az elefánt gyümölcsét
Még ott is fehér színnel fogadta őket a repülő pamut
Ez az az idő, amikor a természet élvezi az összes teremtményt.

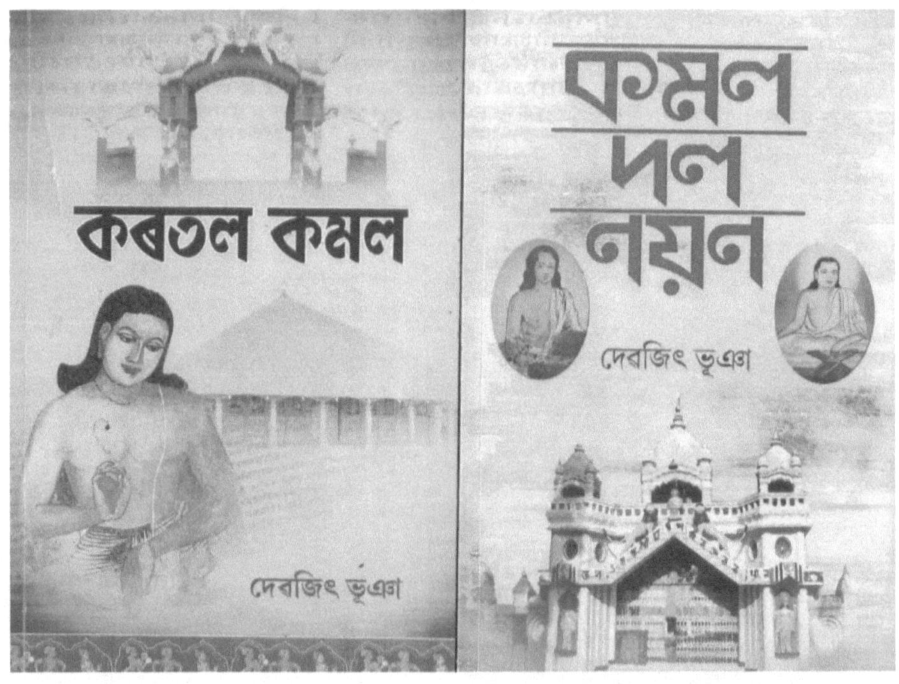

arab nép

Az Arab-óceán nagy és széles
De a szűklátókörű emberek mindig veszekednek
Az arab országokban egész évben túl meleg van
Ez lehet az oka annak, hogy az arabok mindig is harcoltak
Hazarat új vallást vezetett be, hogy békét teremtsen a régióban
Kezdetben árulásnak tartották az emberek
Bár később Mohamed vallása gyorsan növekedett
A béke az arab észben végleg eltűnt
Továbbra is háború folyik a régióban megoldás nélkül
Az arab embereknek modern gondolkodásra van szükségük a nők felszabadításával.

Dzsungel

A dzsungelt és az erdőket állatoknak kell irányítaniuk
Nem a homo sapiens néven ismert intelligensek
Ez a világ nem csak egyetlen fajhoz tartozik
Minden fajnak joga van élni és túlélni ezen a bolygón
Lehet, hogy intelligensek vagyunk, de nincs jogunk elpusztítani a bolygót
Az ökológiai egyensúlynak az emberi túléléshez is szüksége van
Az állatok dzsungelben való írása fenntarthatóvá teheti a környezetet.

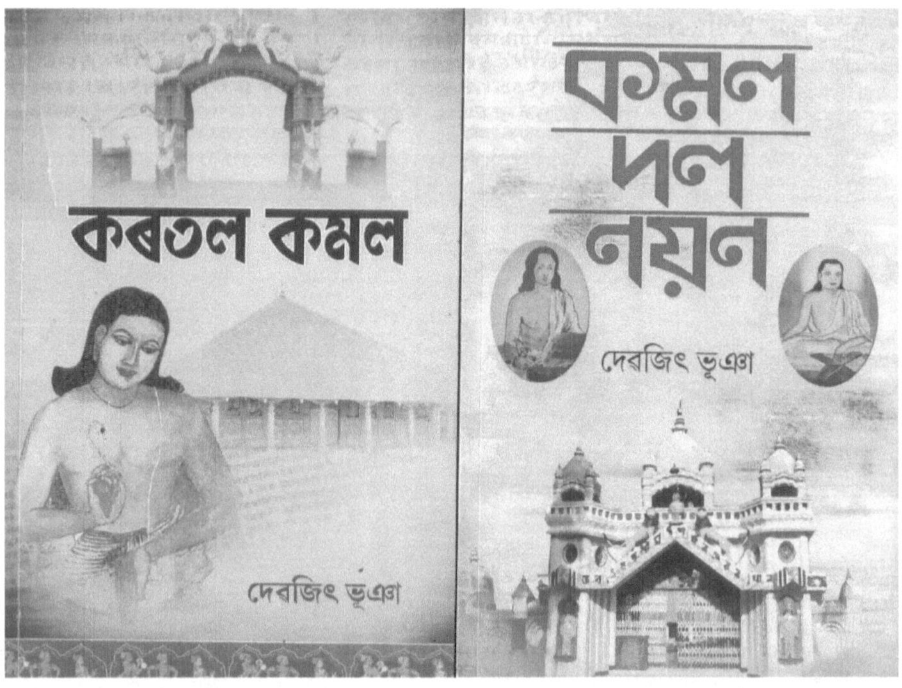

Khaddar (khadi szövet)

Ösztönözze a kézzel készített khadi ruhát
Jó a bőrnek és az indiai gazdaságnak
A városokban egykor a khadit elhanyagolták
De most az emberek tisztában vannak az értékével
Gandhi charkhán (forgó keréken) terjesztette a khadit
Khadi segített a vidéki indiai gazdaság növekedésében
Vidéki emberek ezrei rendelkeztek pénzforgalommal
Khadi felhatalmazta a falusi nőket
De a fonómalmok és a poliészter nagy csapást mér Khadira
Most lassan Khadi népszerűvé válik
A függetlenség történetében Khadira mindig emlékezni fognak.

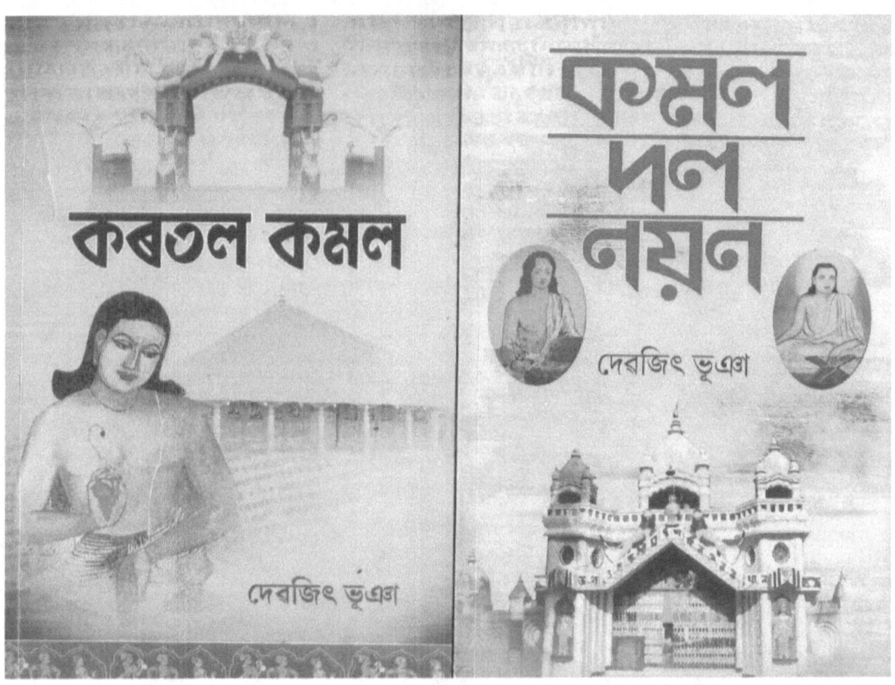

Assam parfüm (agarfa olaj)

Az Assam parfüm nagyon népszerű az arab világban

Sehol a világon nem gyártják ezt a fajta agart

Az Ajmal Arábiában, Európában és Amerikában márkajelzéssel látta el

Ma már Bangladesben és Ausztráliában is népszerű

Assam dzsungelében agarfa fák nőnek

Egy adott rovartenyésztéssel agar olaj áramlását

Az agar illata egyedülálló, népszerű a muszlimok körében

Az összes közeli mesterséges parfüm rövid és karcsú.

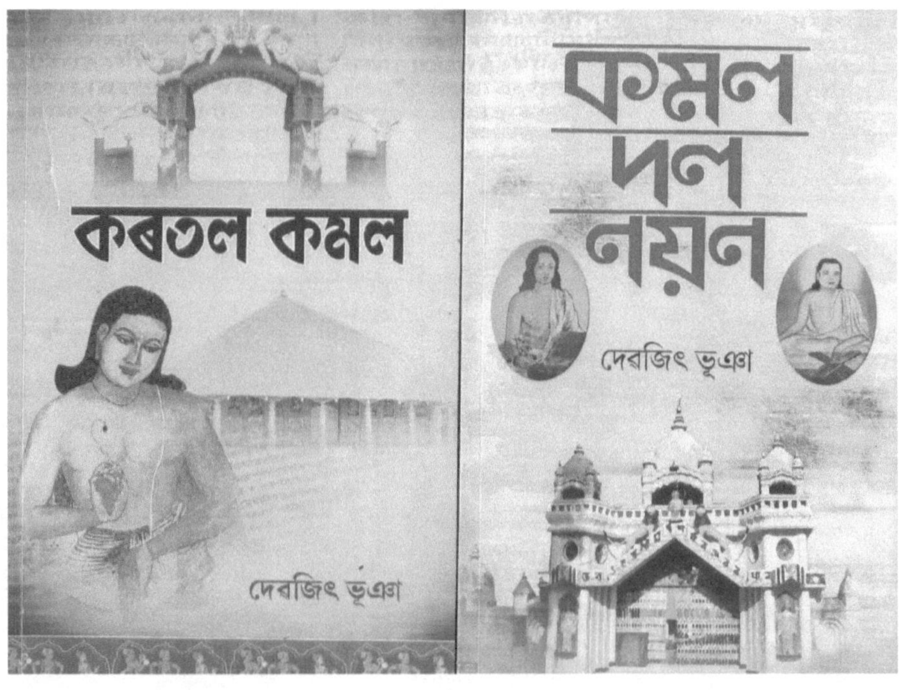

Árvíz

Ó, nagy folyód, ó, sekély folyód

 Ne okozzon pusztítást árvízzel

Ne pusztítsa el a termést és ne károsítsa a termőföldet

A szegények szenvedtek a legtöbbet a te cselekedeted miatt

Heves esőzéskor bármilyen útvonalat választ az áramláshoz

Az árvíz miatt sok civilizáció csapást mért

Bár a folyók az emberi civilizáció mentőövei

Eddig a gátak sem tudtak megoldást nyújtani

Kevés katasztrófa történt a gátszakadás miatt

Ó, a te hatalmas áramlásod lassan nyugodt és nyugodt lesz.

A munka gyümölcse (karma)

Mindenkinek élveznie kell munkája gyümölcsét, legyen az rossz vagy jó

Newton harmadik törvénye egyetemes és megkerülhetetlen

A jó cselekedetek és a jó cselekedetek jó megtérülést adnak

A rossz tettek és tevékenységek szenvedésre kényszerítenek

Senki sem mentes a karma eredményétől vagy gyümölcsétől

Csinálj jó munkát, gondold, hogy jó, Sankardeva dharmája

Tégy jót az emberekkel, a társadalommal és az állatvilággal is

A halál pillanatában békét, nyugalmat, tiszteletet fog találni.

Féltékenység

Ha látni szeretnéd mások sikerét, ne légy féltékeny

Érj el jobbat, különben érzéketlen lesz az élet

Ha féltékeny vagy, soha nem leszel híres

Ha mindig másokat kritizálsz, az életed porózus lesz

Ahelyett, hogy féltékenységben égne, dolgozzon hatalmasat;

A féltékenység és az ego a gonosz társad

Soha nem engedik meg, hogy bajnok legyél

Inkább elrontják a jó barátod véleményét

Az élet sikeréhez, a féltékenység száműzetése, az ego jó megoldás

Adja fel a rossz társát, az agy kreatív szimulációba kezd.

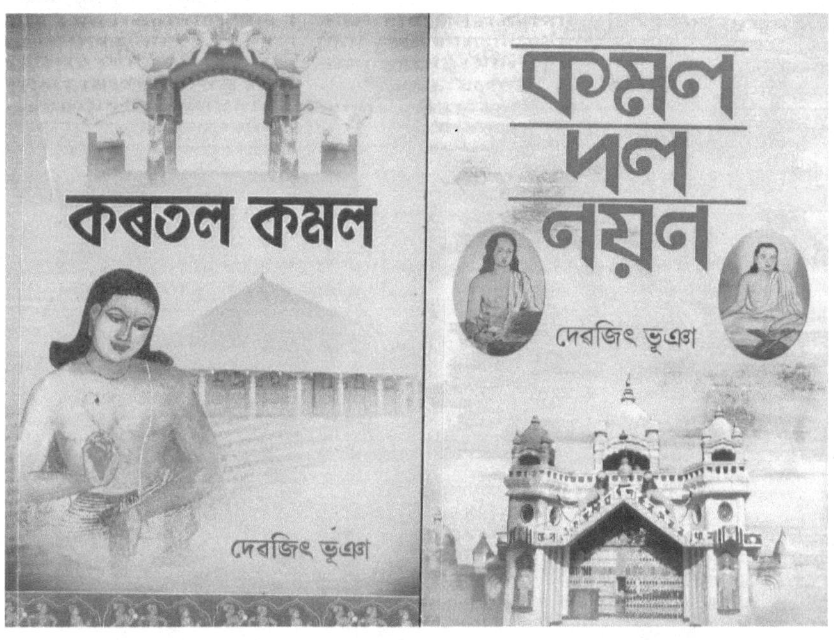

Minden a szokásos módon fog menni

Akár életben maradok, akár nem jövőre
A Föld meg fogja tenni forgását és forradalmát
Az évszakok szokás szerint változnak a környezetszennyezés miatt
Lehetséges, hogy nincs végleges megoldás
A dolgok a szokásos módon fognak menni, és nem zavarnak semmit;
Megtört szívem talán nem csatlakozik halálomig
Mégis megtört szívvel az emberek megőrzik a reményt és a hitet
Az életfájdalmak elviselésére néhányan elbúcsúznak
Még többszöri kudarcok után is, néhányan még egy próbát tesznek
De ennek ellenére a bolygó tovább és tovább fog mozogni;
Új elméletek születnek majd univerzumunk eredetéről
A tudósok és filozófusok nézetei sokfélék lesznek
Az univerzum tágulása azonban nem fog leállni vagy megfordulni
A fizika alaptörvényeit a természet megőrzi
Egy évnek nincs jelentősége a világ számára, de emlékünk megőrzi;
Az idő, a múlt, a jelen és a jövő tulajdonsága nem enged visszamenni
Az élet megy és jön, mint a rétegek és a halom
Még a nagy események története is fennmarad korlátozott ideig
Ez a természet és a teremtés szépsége, olyan kiegyensúlyozott és finom
Örömmel és borral búcsúzunk huszonháromtól.

A teknősbéka

Valamikor lassú és kitartó volt, hogy megnyerje a versenyt

Mert a gyorsan mozgó nyúl úgy döntött, pihen egy kicsit

De a dolgok mostanra megváltoztak az erdőirtás miatt

Mind a teknős, mind a nyúl most veszít

A teknősbéka kemény pajzsával megtévesztheti az okos rókát

De a teknősbéka nem tudott túlélni és trükközni a mezőgazdaságban

A teknősbéka kinyitotta a száját, amikor be kell tartania

Az égen repülni biztonsági öv vagy ejtőernyő nélkül nem helyes

Sem a darvak, sem a teknősök nem használtak pamutot fülre

A zajra és éljenzésre adott válasz mindig haragot vagy könnyeket vált ki.

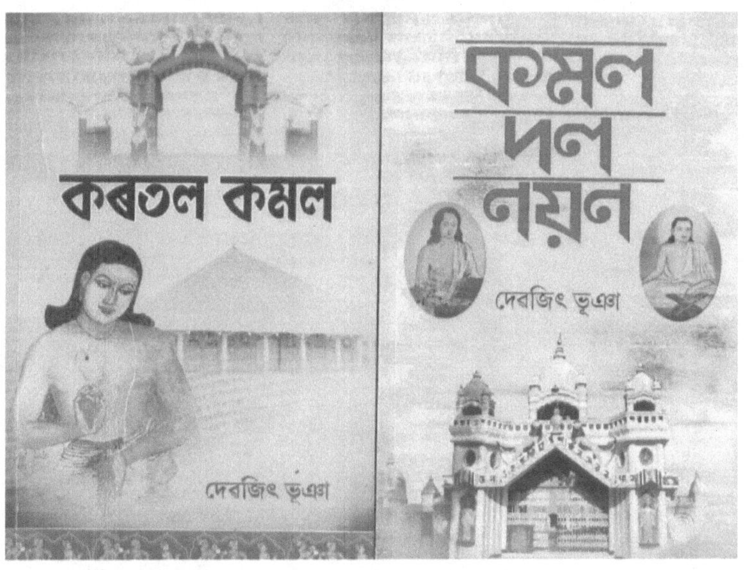

A varjú és a róka

A róka megtévesztette a varjút, és élvezte a húsdarabot

A varjú úgy állt bosszút, hogy kiszabadította a tyúkot a róka szájából

Látni, ahogy a varjú vizet iszik az edényből, és kavicsot rak

A róka többször próbálkozott ugrálva szőlőt enni, sikertelenül

A varjú trollkodó és sértő pózokkal nevetett a kudarcon

Ha a sas fel tud emelni egy birkát, miért ne gondolhatnám én, a varjú

Felragadt a gyapjúra, és a rókának örömet okozott

A róka imádkozott Istenhez, hogy árvíz zúdítson a bambuszfa fölé

Ahová a varjú leül, miután szabadon repült az égen

Isten esőt és esőt öntött, és arra kényszerítette a rókát, hogy lebegjen az árvízen

A róka rájött a hibára, és imádkozott, hogy az időjárás ismét jó legyen

Ha a szomszédok intelligensek és sikeresek, ne légy féltékeny

Ha képességek nélkül próbál versenyezni, a kondíció érzéketlen lesz.

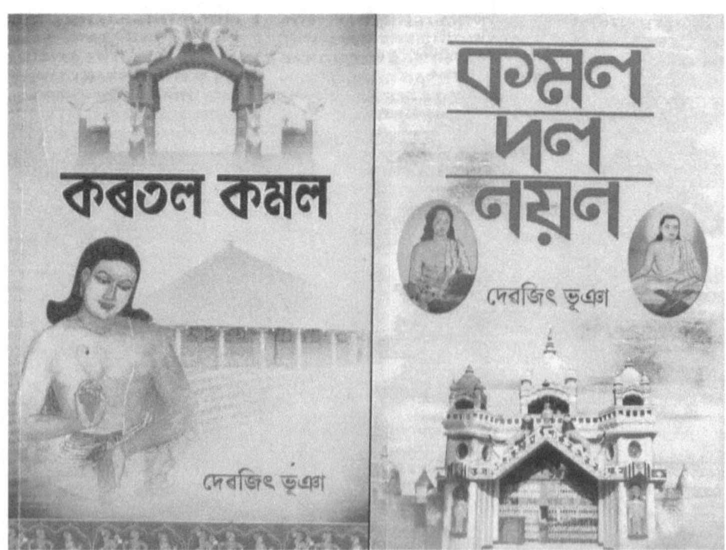

Találja meg a saját megoldását

Kétszáz évig akart élni?
Legyen teknős vagy kék bálna, és élvezze
Magasan akart repülni a kék égen?
Legyen sas, akkor megpróbálhatja
Gyorsan akart futni az egészségedért?
Légy gepárd, és mindenki előtt jársz
Magas akart lenni és messzire nézni?
Légy zsiráf, és egyél a beszédfa leveleit
Szeretett volna minden kontrolltól mentes életet élni?
Legyen zebra, akit az ember nem tudna háziasítani
Veszekedni és ugatni akart másokon?
Legyen rottweiler kutya és harapjon meg másokat
Aludni akart éjjel-nappal?
Légy koala, és nem kell dolgozni és harcolni
Többet és túl sok ételt akart enni?
Jó dolog elefánttá válni
Útlevél és vízum nélkül akart utazni?
Szibériai darunak lenni a legjobb megoldás
De mivel intelligenciával rendelkező ember vagy
Amit szeretnél és prioritást élvezsz, megtalálod a saját megoldásodat.

Senki nem fog felhúzni

Senki nem fog segíteni, ha leesel

Mindenki a korona elnyerésére fut

Az őrült rohanásban összetörhetsz

Holtteste lépcsőfokká válhat

Mindig emlékezz arra, hogy ebben a mozgalmas világban egyedül vagy

Senki nem jön, hogy letörölje a könnyeit és balzsamot tegyen

Ha egyedül maradsz, fel kell állnod és nyugodtnak kell maradnod

A végén mindenki ugyanoda jut el

Fájdalom, öröm, könnyek, minden tönkremegy

Tehát miért csatlakozna a patkányversenyhez, félve minden pillanatban az eleséstől

Ha tudod, hogy a végén a kudarc vagy a siker nem számít

Mozogj lassan és egyenletesen, mert nincs vesztenivalód vagy nyernivalód

Így az utazás során elkerülheti a stresszt és a fájdalmat.

Féltékenység, féltékenység, féltékenység

Több évig imádkozott Isten áldásáért
Végül megjelent Isten, és megkérdezte: "Mit akarsz a gyermekemtől?"
"Azt akarom, hogy bármit is kérek, azonnal megkapjam"
– De miért van szüksége ilyen áldásra? kérdezte Isten
"Szeretném teljesíteni azt a kívánságomat, hogy boldog és gazdag legyek"
Csak feltétellel tudom megadni ezt az áldást, nem feltétlenül – válaszolta Isten
"Minden feltétel számomra elfogadható", csak a kívánságomat teljesítsem
„Megkapod, amit akarsz, de a szomszédod a dupláját"
De ha megpróbálsz ártani másoknak, minden el fog tűnni – figyelmeztetett Isten

Számomra elfogadható, a férfi azt mondta, Isten azt mondta: „Ámen (তথাস্তু)", és eltűnt
– Hadd szerezzek egy gyönyörű kétszintes épületet – kívánta a férfi
Azonnal történt egy négyemeletes épülettel együtt a szomszédjával
Ó, kellene tíz gyönyörű autó a házamban
Azonnal történt húsz gyönyörű autóval a szomszédjával
Kellene egy uszoda a kertemben
Azonnal ez történt két uszodával a szomszéddal
A férfi egy héten belül frusztrált és féltékeny lett szomszédjára
Nagyon hamar dühös lett a szomszéd gazdagságára nézve
Azon gondolkodott, hogyan győzze le a szomszédot, a férfi őrült és őrült lett
Amikor a szomszéd házára nézett, mélyen elszomorodott
A szomszéd boldogan sétált a két úszómedencéje közelében
Boldog szomszédját látva hirtelen eszébe jutott a megoldás
„Sérüljön meg az egyik szemem" – kívánta a férfi a szomszédjára nézve
A szomszéd azonnal megvakult és elesett a medencéjében
A szomszéd meghalt, mivel nem tudott úszni
A férfi azt mondta: Ó, Isten, vedd vissza áldásodat.

Halandóság és halhatatlanság

Ha meg akarsz halni, nem fogsz meghalni, mert halhatatlan vagy

Ha örökké akarsz élni, meg fogsz halni, mert halandó vagy

Az alapvető életösztön az, hogy élj és élj örökké

De a természet törvénye ezzel ellentétes, még a legalkalmasabbnak is meg kell halnia

A két ellentétes erő, az élet és a halál folyamatosan munkálkodik

Ez az oka annak, hogy a fajok evolúciója folyamatosan zajlik, és soha nem áll meg

Vannak, akik néhány órát élnek; egyesek ötszáz évig élnek

De a természet nem kapott különleges bánásmódot, vagy könnyeket hullatott

Amíg élsz, és a rigor mortis nem kezdődött el

Nem vagy halandó, és a halhatatlanság nem múlt el.

Nem tudom a célt

Az élet célja utódnemzés
Vagy az élet célja a genetikai kód védelme?
Az élet célja a jobb étkezés és a jó alvás
Vagy az a cél, hogy történetet alkossunk a következő generációnak?
Az élet célja a pénz és a vagyon felhalmozása
És mindent otthagyni, amikor a mennybe vagy a pokolba kerülsz?
Az élet célja a béke és a boldogság keresése
Akkor miért az életben annyi tevékenység és üzlet?
Az élet célja a fájdalom minimalizálása és a kényelem maximalizálása
Akkor a kómában élés lett volna a legjobb üdülőhely;
Az élet célja, hogy éljünk és hagyjunk élni másokat
Hogyan ehetünk akkor csirkét, bárányt és állattestvéreket?
Ha a teremtő imádkozás és az Isten almafényezése a cél
Miért ősapánk, a csimpánz nem járta ezt a tanfolyamot?
Élet, ha minden cél nélkül vagy cél nélkül
Csak élj ma boldogan és békésen az egyetlen megoldás;
Amikor megpróbálunk célt találni, iránytű nélkül az erdő mélyén vagyunk
Jobb, ha úgy éled az életed, hogy saját magadat építed, anélkül, hogy a zsákutcába gondolnának.

Hová tűnik el a nehezen megkeresett pénzünk?

Egész életünk során energiát gyűjtünk a gravitáció és a súrlódás leküzdésére

De a nulla gravitáció és a nulla súrlódás az életet hibernációba taszítja

Az elektromágnesesség és a nukleáris erők a gravitációval együtt az élet forrása

A súrlódás fontos ahhoz, hogy eligazodjunk anyagi életünk útján

A nehezen megkeresett pénzünk nagy részét a gravitáció emészti fel

A gyönyörű ruhák és díszek csak kiegészítik

Ahhoz, hogy az összes extra poggyászt újra elhozzuk, energiát kell költenünk

A játék a gravitációval, az elektromágnesességgel és a nukleáris erőkkel az élet

A súrlódás szerepe az, hogy minden munkát úgy végezzen, ahogy a feleség végzi

Élelmiszer energiává alakítása és energia felhasználása az erők leküzdésére

A túlélés ezen elsődleges feladatának elvégzésére a homo sapiensnek nincs alternatív forrása

A fák jobb helyzetben vannak a gravitáció és a súrlódás tekintetében

Még az élelmiszerek esetében is a fotoszintézis az egyedülálló titok és egyszerű megoldás.

A mongúz

Nem ismerte a gyűlöletet, a féltékenységet vagy az emberi élet bonyolultságát

Szívéből csak urát és gyermeküket szerette

Nincs hátsó szándék vagy érdeke a szeretete és hűsége iránt

Állati ösztönökkel és kegyetlen emberi elmén felül álló állat volt

Így hát megküzdött a halállal és letérdelt, hogy megmentse a mester fiának életét

És sikerült neki a tisztessége és a gazdája iránti szeretete miatt

Egyértelmű elhivatottsága és akarata fiatal barátja védelmében

De a bonyolult és vezetékes emberi elme először mindig negatívan gondolkodik

A mangúz testén lévő vért nézve a hölgy azonnal megölte

Mert elsőre pozitív és jó, nagyon kevés ember tud gondolkodni.

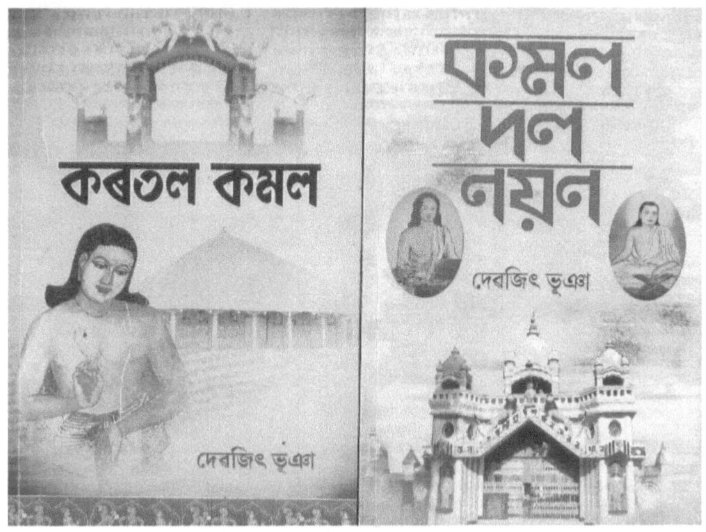

Isten áldása

Isten áldásai olyanok, mint a belső értékelés és az ülésjegyek

Ha imádkozol, pudzsát végzel és pénzt vagy aranyat ajánlasz fel neki, áldásokat kapsz

Ha nem teszed meg mindezt, életben maradsz, de a siker még várat magára

Mégis, imádkozás nélkül is le lehet tenni a vizsgát kemény elméleti munkával

Almalakk nélkül is sokan jobb sztorikat írtak

A mindennap imádkozó emberek is meghaltak betegségekben és balesetekben

A nem bhakták számára is az életnek és a halálnak ugyanazok az összetevői

Nem értem, miért tulajdonítanak nagyobb jelentőséget a vallások közvetítői az imának

Soha senki nem látta Istent sehol éhes koldus alakjában

Ritka tudományos bizonyíték Isten inkarnációjára anyagi formában

Ahhoz, hogy elnyerjük Isten áldását, az őszinteség, az őszinteség és a feddhetetlenség jobb összetevők.

Jobb, ha egy holt fa

Holt fa vagyok, a nap és a hold alatt fekszem

Gyorsan bomlik, hogy hamarosan elnyelje az anyaföld

De a moha, gomba számára a holttestem áldás

Táplálékkal és táplálékkal látják el őket még a halál után is

Számukra én vagyok a jövő útjának fáklyahordozója

Amíg teljesen el nem merülök a talajban, és a része leszek

Egyre több gyom és rovar új élete indul

Egy napon néhány madár a saját fajtám magjait ejti ide

Újra nagy fa leszek, és ágakon a madarak osztoznak

Eközben halhatatlan halandó vagyok, és a fákkal mindenkinek törődnie kell.

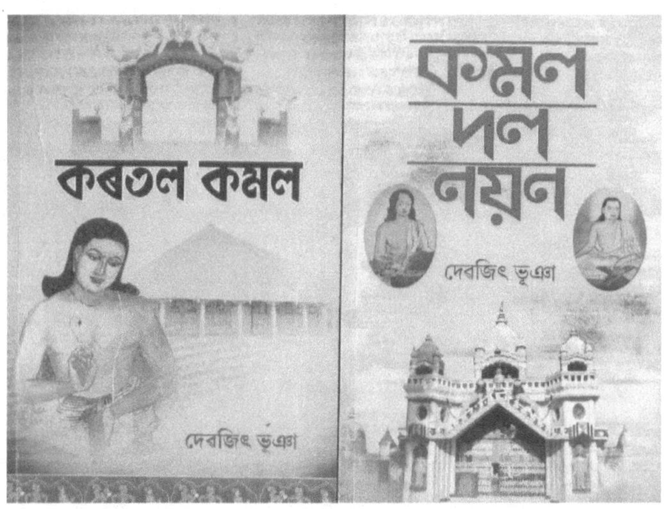

Zombival élek együtt

Egy zombicsordában élek

Rabja a pénzéhségtől és a vágytól

Értékrendszerük rozsdásodott

Nem hajlandó megtisztítani a felgyülemlett port

Csak a pénzen van hitük és bizalom

A cél a gazdagság és a halhatatlanság gyűjtése

Az örökkévalóságra törekvő, elveszett erkölcs

Kizárólagos céljukból feladják az integritást

A csorda hozzáállásán senki sem változtathat

Buddha, Jézus és mások elfáradtak

Nemes férfiak ezrei haltak meg és mentek nyugdíjba

Mégis, a kapzsiság és a vágy miatt a zombik nem fáradtak el.

És az élet így megy

Hétfő, kedd, szombat és elment a hét
Egy szép reggel eljött a havi illetékfizetési idő
Januárból február és március lesz, hirtelen decemberbe fordul
Telik az idő, és várunk a buszra és a vonatra
A repülőtéri társalgóban várakozni az időpocsékolás
A cél eléréséhez szükséges órák hosszat tartó autóút haszontalan
Életünk egyharmadát ágyban töltjük, mindig tanácstalan
Az a hat óra, amikor a diákéletben felesleges dolgokat tanulunk, nem ér
semmit
Az orvosi kamrákon kívül várakozva rájöttünk, hogy lassú az idő
Senki sem számolja, hogy hány hónapot töltöttünk a que-ben
Három óra vizsgateremben gyermekkora óta nagy mennyiség
Hogy mennyi időt fordítunk magunkra az élet jobbá tételére, soha nem
számítjuk
Ugyanabban a ciklusban körbe-körbe haladunk
Egyetlen ember sem bolygó, amely meghatározott időn belül a Nap körül
mozog
Ha nem tudsz kijönni a kényelmes rutinból, neked nincs napsütés
Futás az árfolyamversenyben a csalóka sikerért és a taps
Lemaradsz ahhoz, hogy a saját életed a saját egyedi módjád szerint élj
Amikor az idő lejár, és a sírba kell menned
Tudod, soha nem gondoltam másként, mert félénk voltam, nem bátor.

Összetört szív

Amikor hirtelen megszakad a szív

Néhány ember részeg lett

De ez nem a bevált orvosság

Az életed könnyen ellopható

Bármelyik pillanatban bármi megtörténhet;

Felejtsd el a múltat és lépj tovább, könnyű mondani

De nem lehet mindenki meleg

A megtört szívért árat kell fizetnünk

Ha magányosan gondolkodunk, megtaláljuk a módját

A nap minden reggel új reményt és sugarat küld nekünk;

Amikor a szív összetörik, egyesek öngyilkosságot követnek el

De a gyász időszakában soha ne dönts gyorsan

Tekintse meg a kívül lévő emberek szenvedését és fájdalmait

Még ha reménytelen is vagy, a fájdalom lassan csillapodik

A megoldást minden problémára csak belül találja meg.

Megállíthatatlan technológia

A civilizáció karaktere megváltozott

Az emberek ma tájékozottabbak és okosabbak

A vallást nehéz kardok erejével terjeszteni

A kommunizmust sem lehet fegyvercsövön keresztül erőszakolni

A demokrácia katonaság általi eltérítése azonban nem ritka

Vannak, akik még nem fogadták el az együttélés elvét

Hitük védelme érdekében az egész világon ellenállást tapasztalunk

De a civilizációk fejlődése folyamatos és kitartó

A technológia, a hordozóhullám soha nem törődött a határokkal

És most futótűzként elnyeli az emberiséget, megállíthatatlanul

Hamarosan romokban hever a megosztott társadalmi rendszerek minden gonoszsága.

A nemek közötti egyenlőtlenség

Letörölte könnyeit a burka alá, és az égre nézett

Négy kisgyerek húzza a ruháját

Mindössze hat éve, amikor elhagyta anyját

Sírt és sírt, de senki nem hallgatott rá

Mivel a legidősebb a tíz gyerek közül, el kell fogadnia a nikát

Felelőssége hat nővérére is hárul

Hogyan házasodhatnak össze, ha a legidősebb otthon van

Mindössze tizenhárom éves volt, amikor először végezték el a behatolást

Még mindig emlékszik, mennyire ijedten nézett a férjére

A férfi másik három felesége is fájdalmasan nézett rá

De nem volt más választásuk, mint az új hálószobába küldeni

Most mind a négy nő gyűlölettel és féltékenyen él együtt

Mert nekik kell a gyerekeiket etetni és nevelni

Abban a reményben, hogy ez nem történt meg velük, egy napon felkel a nap

És a világ mentes lesz a nemek közötti egyenlőtlenségtől Isten nevében.

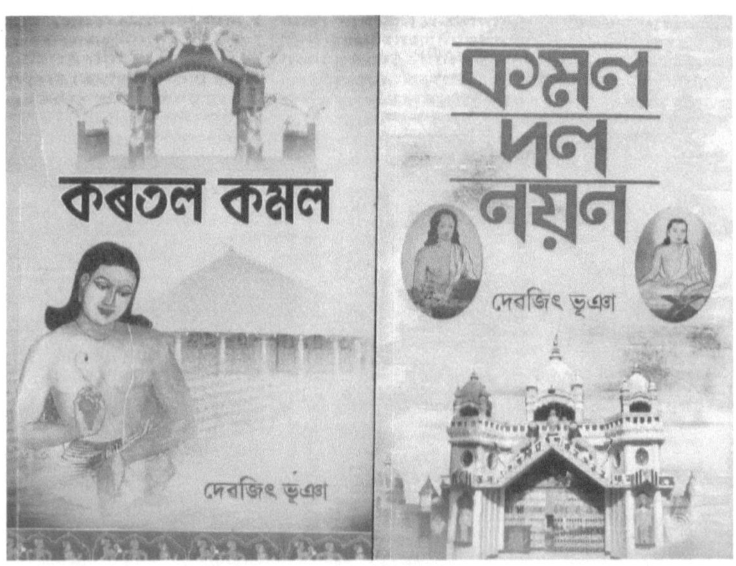

Egy napon nem lesz üvegmennyezet

Egyszer régen a hamvasztásos területen kénytelen volt meghalni
Hangos zenét és dobot játszottak, nem hallgatták a fájdalmas hangját
Úgy bántak vele, mint rabszolgával és rabszolgával, hogy a férfiakat szolgálja
Még a királynő is bekötött szemmel maradt egész életében, mert a király vak volt
Minden ok és logika nélkül száműzték, csak a férfi ego kielégítésére
Még ő sem tudta kiejteni a férje nevét az emberek között
Úgy élt, mint egy ketrecbe zárt madár az otthonában, és tojásokat rakott, hogy megőrizze a DNS-t
A vallások közvetítői még a templomba való belépést is megtiltották neki
De a bátorsága, hogy hordozza a civilizáció fényét, soha nem nyomorék meg
Ezért nevezzük a vidéket ma is anyaföldnek és anyanyelvnek
Most kint van a ketrecből a szabad égbolton, mégis sok magasságban kell repülnie
Egy napon nem lesz nemi megkülönböztetés, és az üvegplafon eltűnik
Az anyaság méltóságát és a nőiesség szépségét senki sem fogja tudni elrontani.

Istent nem érdeklik az imaházai

A világ tele van mecsetekkel, templomokkal és templomokkal

De a béke és a testvériség a világban gyakran megbénítja

Az erőszak- és háborúmentes emberiség megoldása nem egyszerű

Isten nevében minden vallás csúfolódzik és csöpög

Még a ramadán szent hónapjában is bajt okoznak az emberek;

Isten soha nem próbálta megvédeni imaházát sehol a világon

A lerombolt mecsetek, templomok, templomok fázik

Hogy abbahagyja az Isten nevében végzett gyilkosságokat, soha nem próbálkozott merészséggel

Az evolúció és a természetes folyamatok révén minden kibontakozik

Egy napon a passzív és inaktív Isten eszméje eladatlan marad;

Az emberek megosztása Isten nevében, nyomorúságot okozott az emberiségnek

Az úgynevezett szent városok nyereséges kincstárat nyitottak

Fegyverek lőszervásárlásáért a vallási vezetők uzsorát végeznek

Manapság a terrorizmus és az erőszak számára a vallási helyek bölcsődék

Az egyetlen kivétel a lézeres buddhista szerzetesek.

A szerzőről

Devajit Bhuyan

DEVAJIT BHUYAN villamosmérnök és szívből jövő költő, jártas az angol és anyanyelvű asszámi versírásban. Az Institution of Engineers (India), az Adminisztratív Személyzeti Kollégium (ASCI) munkatársa, valamint az Asam Sahitya Sabha, Assam, a tea, az orrszarvú és Bihu földje legmagasabb irodalmi szervezetének élethosszig tartó tagja. Az elmúlt 25 év során több mint 70 könyvet írt, amelyeket különböző kiadók adtak ki több mint 45 nyelven. Az összes nyelven megjelent könyveinek száma eléri a 157-et, és évről évre növekszik. Kiadott könyvei közül körülbelül 40 asszámi verses könyv, 30 angol verses könyv, 4 pedig gyerekeknek, 1 pedig körülbelül 10 különböző témájú. Devajit Bhuyan költészete mindent lefed, ami a Föld bolygónkon elérhető és a nap alatt látható. Verseket írt az emberektől az állatokon át a csillagokon át a galaxisokon át az óceánokon át az erdőkig az emberiségen át a háborún át a technikán át a gépekig és minden elérhető anyagi és absztrakt dologig. Ha többet szeretne megtudni róla, látogasson el *a www.devajitbhuyan.com* oldalra, vagy tekintse meg YouTube-csatornáját *: @careergurudevajitbhuyan1986.*